NIETZSCHE SUSTUĞUNDA

MEHMET UĞUR

ROMAN / ÖYKÜ DİZİSİ –78

GENEL DİZİ – 179

ISBN 978 – 975 – 488 – 109 – 7
SERTİFİKA NO: 11029

yalcinyayinlari@gmail.com

1. Basım – Eylül 2009

NIETZSCHE SUSTUĞUNDA (Öykü) / MEHMET UĞUR / Kapak Tasarımı: Gönül Göner – Kapak Deseni: Bedra Melike Akyar / Bayrak Matbaacılıkta basılmıştır / Bayrak Matbaası: Davutpaşa Caddesi No: 14 Kat: 2 Topkapı-İstanbul / **YALÇIN YAYINLARI**: Ankara Caddesi Güncer Han Kat: 2 No: 45/12–13 Cağaloğlu 34112 İSTANBUL
Tel. Faks: (0212) 519 31 35

MEHMET UĞUR

NIETZSCHE SUSTUĞUNDA

YALÇIN YAYINLARI

1957 Sivas-Zara doğumlu Mehmet Uğur'un daha önce yayınlanmış romanları:

- Sevdalı Yürekler
- Doğuş
- Oğul

HİÇTEKİ ADAM

Giriş

Bu da ne? Adamın ağzındaki sözcükler ırmak gibi, çağlayı çağlayı bana doğru geliyordu. Sözcükler, ah o sözcükler; bize ne dediler? Adamın biz dediği kimdi? Yanında yöresinde benden başka kimsecikler görünmüyordu. Yüzünün istikameti bana dönük, düpedüz benimle konuşuyordu.

Bana doğru daha da yaklaştı. Konuşmasına el kol hareketlerini de katarak, ağzından kelimeleri aceleyle döküyordu. İşaret parmağıyla beni işaret ederek devam etti: "Biz sözcüklerle dünyayı yazıp okurken toprak suskun, taş suskun, gök suskun, göğün içindeki yıldızlar da suskundu."

Adam konuşurken ayakları yerinde duramıyordu. Uçmaya hazırlanan bir kuş misali sözcüklerini zihnime yumurtlayıp gitmek istiyordu. Dudaklarını birbirine patır patır vurarak, seriye bağlanmış otomatik tüfekten boşalırcasına kelimeler üzerime mermi gibi yağıyordu.

Bilemedim bir türlü, ırmaklarda avare gezinen bir balıktan

farkımın olmadığını... Ben de o çapkın balıklar gibi çağlayı çağlayı dünya ile birlikte aktığımı bilemedim.

Dünyanın başında esen yelmişçesine kendim esip kendim dinledim.

Oysa bilemedim yelin hayatın sesi soluğu olduğunu, dünyanın; ormanları, dağları, taşları, kurtları, kuşlarıyla birlikte esip inlediğini bilemedim.

Topraktaki solucandan, meradaki ceylandan kendimi ayrı okudum, toprakla solucanın ne konuştuklarını duyamadan gidiyorum...

Ot yiyen ceylanın bakışlarındaki narinliği, ceylanı yiyen aslanın gözündeki vahşeti, aslanı yutan toprağın umursamaz görünüşünü bilip anlamadan, ben de o aslan gibi toprak tarafından yutulup gideceğim.

Ne garip şey, ben hâlâ bilip anlamaktan söz ederken dünya ayaklarımın altında bilmediğim bir istikamete doğru akıp gidiyor.

Ben daha kendimi bilmeden dünyanın dışında durmuş, dünyayı anlamaya çalışıyorum. Ahh! Yüreğimin içinde garip bir yangın beni tutuşturmuş, yanıyorum.

Bu tuhaf savaşta her şeyimi kaybettim. Ne oğlum ne de kızım, geleceğe akacak bir şeyim kalmadı...

Öyleyse ben bir hiçim, hiç. Peki, ben bir hiçsem hâlâ içimde gezinen kaygı, cesaret, acıma, kendini beğenme duygusu, aşağılık yükseklik korkusu, açlığım, susuzluğum, uykusuzluğum nereden çıktı? Daha önce yüzünü hiç görmediğim, rüyalarıma girip benimle sevişen o kadın kim?

Adam iki eliyle kendi yakasını tutmuş, kendini sarsarak: "Şu halime bakın," diyor. Şimdi de yollara düşmüş, rüyalarıma giren o esrarengiz kadını arıyorum.

Sokakta karşılaştığım herhangi bir kadının yüzüne bakıp;

işte bu o kadın, rüyalarımın kadını, o da rüyasında benim onunla seviştiğim gibi benimle sevişiyor mu? Biraz daha kadına yaklaşıyorum, o da beni fark etsin istiyorum, yüzüne daha ayrıntılı bakıyorum.

Benim rüyalarımda seviştiğim kadının dudaklarının üzerinde mora çalan bir beni vardı. Bu, o kadın değil, diyorum. O kadının iri kalçaları kollarımdayken, eti üzerimden taşıyordu. Ya göğüsleri, başım göğüslerinin içinde kayboluyordu. Üzüm karası derin bakışlarıyla bana bakıyor, benli iri dudaklarıyla ateşler saçarak beni öpüyordu. Oysa karşımdaki sıska ve cılız... O kadın değil, diyorum.

Sırasıyla bir başka kadın, bir başka yanılsama... Günlerim sokaklarda rüyalarımın kadınını aramakla geçiyor.

Başka biriyle olmaz, diyorum. Ancak o, evreni ve yıldızları yeniden doğurabilir. Ancak o bedenle yeniden doğabilirim, diyerek yorgun argın kulübeme dönüyorum. Yemek yiyip su içiyorum. Uykum, yeniden esir alıyor beni. Yine rüyalar, rüyalar; rüyaların içinde o kadın. Ve yeni sabaha uyanıyorum. Fil gibi susamışım, rüyasında aşka doymamış beni yeniden yollara salıyorum. Bu nasıl olur, diyorum. Başka kadın yok mu? Bir kadını diğer kadından ayrı gören düşünce bana nereden geliyor?

Mecnun için Leyla'dan başka kadın yok muydu? Ya da Aslı için Kerem'den başka delikanlı yok muydu? Ya peki, bu geçmiş dünlerin yaşandığı aynılarda mı yaşıyorum? Çocukluğumun sesi, yüzüm nerede? Yıllardır rüyamda gördüğüm o kadının yüzü, dudakları, sesi değişmiştir belki de. Biraz önce yanımdan bana bakarak geçip giden o kadındı, rüyalarımın kadını. O olmadığından nasıl emin olabildim? Bütün zamanlar çocukluğumla, delikanlılığımla birlikte akıp gittiler.

Bense hâlâ yalanlarla inşa ettiğim yakınlarımın evinde uyuyakalmış halde rüyalarımla oyalanıyorum. Dünkü sözcüklerimin sesiyle bugünkülerin sesi aynı değil.

Belki de son sesimle dünyaya şimşek gibi çakılacak, genzimden düşecek ateşle bedenimi tutuşturup yakacağım!

Yanıp kül olmadan binlerce şimşek düşürmeliyim dünyanın karanlığına. Bedenimden çıkan alevlerle, dünyanın aktığı yöne ışıktan köprüler kurmalıyım. Oğullarım, kızlarım bu ışıklı yollardan dünyaya akabilsinler diye...

Adam ağzından köpükler saçarak konuşuyordu. Konuşurken bana baksa da beni gördüğünden emin değildim. Adam olduğu yerde durmuş; benimkisi sözcüklerden bina yapmak, diyordu. Bence de öyle, kulübesinde uyuyan filozof gibi sözcüklerden bina inşa ediyordu...

Adam: "Ya peki bilgeleri yakan ateşin karşılığını, sözcüklerin içinde nasıl bulacağız?" Herakleitos'un, NIETZSCHE'nin gözlerinden yağan yağmurların hangi deryalardan gelip hangi dağlara aktığını kim, nasıl bilebildi?

Bu bilgelerin yanıp tutuştuğu ateşlerde yanmayanları, az mı bilge diye bana yedirip yutturdular.

Benim şu mağarada uyuyan gövdemin uyanışları, açlığım, susuzluğum cinsel arzularımın bana engel olduğu, düşünmediğim zorunluluk neydi?

Bilgeler bilgesinin dediği: "Beklenmedik olanı beklemedikçe o sana gelmez," dediği benim düşünemediklerim neydi?

Adam bunları eşek arısı gibi vızıldayarak söylerken, gözleri gözlerime diken gibi batıyordu.

"Senin düşünmene gerek yoktu değil mi? Nasıl olsa toplum mühendisleri, bu toplum mezarını senin içinde inşa ettiler. Sen de ecelini bu aklın mezarlığında bekleyebilirsin. Kene gibi koyunun gövdesine yapışmış, kımıldamıyorsun bile. Koyun ölünce düşüncenin başına geleceğini mi sanıyorsun?"

Adam düpedüz bunları söylüyordu bana. Beni görmemesi imkânsızdı...

"İnsanlığının bu hali; ne ekin oldun ne de başak, kuruyup gideceksin," diyordu.

Bunları bana söylemeye hakkı var mı? Adamın söyledikleri karşısında sesim soluğum düğümlenmişti, konuşamıyordum.

Adam suskunluğumu fırsat bilerek, sözlerini fırtınayla karışık dolu gibi üzerime yağdırıyordu. Bu ne garip şey! O konuşurken, benim sesim soluğum kesiliyor.

Bu adam bunca sözcüğü nereden bulup çıkartıyor? Ben sustukça üzerime üzerime yürüyerek konuşmaya devam ediyor; düşünmedin değil mi? Çünkü düşüncelerin; açlığın, susuzluğun, cinsel arzuların, korkuların, alışkanlıkların, hatta cesaretin engeline takıldı. Düşüncelerin, güdülerinden kurtulup, dağların nehirlerin yüreğinde yel olup esmedi ki düşmeyi kalkmayı, kanatlarındaki kudreti bilesin.

"İnsanlığınızın yaşamına yalanlardan evler inşa etmiş, bu yalanların içinde uyuyorsunuz?" Hangi yaşamlardan bahsediyor bu adam, ben damın deliğinde bir başınayım.

Beni bu yere doğuranların bir yanı öldü, bir yanı da terk edip gideli bilmem kaç zaman oldu. Bu düşündüklerimi adama diyecek oluyorum, sesim beni bırakıp gitmiş, düşündüklerim dilime varmıyor, susuyorum. Karyola gıcırtısını duyuyorum. Yoksa rüya mı görüyorum? O ara sanki bina sallanıyor, derinden gelen bir kadın sesi duyuyorum. Ses; haz mı yoksa acı mı dolu, anlaşılmıyor.

Ahh, ohh, uhh sesleri kulaklarımın içinde çınlarken, bu bir sevişme anı olmalı, diye zihnimden geçiriyorum. Bir başka düşünce, gözlerinin görmediği, yalnızca kulaklarının işittiği bu tanıklığa nasıl inanabilirsin, diyor. Pekâlâ, kadın, doğum ya da böbrek sancısı çekiyor, hatta kocasından dayak bile yiyor olabilir.

Bu düşüncenin kuşkusuyla gözlerim devreye giriyor. Bakışlarımla etrafı tarıyorum. Ahşap bir binanın yanındayım. Binanın ağaçları kasılarak gıcırdıyor. Binaya bakıyorum. O da ne? Daha önce görmediğim bir manzarayla karşı karşıyayım. Bina sisler içinde, boşlukta duruyor.

Rüyada bile görülemeyecek bir manzara! Yersiz göksüz manzara mı olurmuş, diye iç geçiriyorum.

Bugün havada da tuhaflık var. Burnumun daha önce tanık olmadığı bir koku alıyorum. Koku ne rahatsız edici, ne de mutluluk verici.

Binaya dokunmak istiyorum. Ellerim bir boşluğa dalıyor. Bina ne sert ne de yumuşak. Dokunma duyum bana bir şey söylemiyor.

Duyumlarım, bilgilerim bugün yardımcı olamıyor. Dilim de beni terk edip gitmiş, düşündüklerimi konuşamıyorum.

Elsiz, gözsüz, dilsiz, kulaksız düşünce kimin derdine ilaç olabilir? Dünyasız bir düşünce; boşlukta yapayalnız, tek başına kime neylesin!

Bina hâlâ gacır gucur çatırdıyor, kadının ahh, ohh, uhh sesleri, karşımda duran adam hızla konuşuyor, çok uzaklardan gelen keman sesi ise ağlayan bir çocuğun sesini andırıyor...

Kendimi bir an caz konserinde sanıyorum. Böylesi garip sesler ancak caz konserinde duyulabilir.

Hafiften yel esiyor. Havada bilmediğim kokular dolaşıyor. Adam, ben ve bina yolsuz yolaksız, yersiz göksüz bir boşluktayız. Bir yere dayanmadan gökte duran yıldızlar gibiyiz. Gözlerimin daha önce hiç tanık olmadığı bu görüntüler nereden çıktı?

Ancak Parmenides'in gözünün gördüğü, elinin değdiği dolulukta oluşabilecek bir manzaraydı bu. Yalnız Parmenides'in gözünün gördüğü, elinin değebildiği bir şey olmasa biz bu boşluğun içinde nasıl durabilirdik?

Dünyanın boşlukta durduğu gibi bina, adam ve ben böyle bir boşluktaydık. Ancak rüyalarda görülebilecek bir görüntüydü bu.

Öğrendiklerim olmasa, rüya ile gerçeği birbirinden ayıramazdım. Bunları düşünürken adam bana sesleniyordu.

"Hayret ettin, değil mi? Şu gördüklerin, daha önce düşünemediklerin," diyordu.

Adam bir röntgen cihazı gibi içimi bana gösteriyordu. Ben içimi nasıl okuduğunu düşünürken o, kaldığı yerden devam ediyordu: "Şimdi de içim nerede, dışım nerede diye düşünüyorsun. Yediğin içtiğin bunca yalan seni sarhoş etmiş. Kendinde değilsin. Bak ayakların yere basmıyor. Başının üzerinde yürüdüğünün farkında değilsin."

Bu adam kimdir, nedir, benden ne istiyor? Benimle mi yoksa kendi kendine mi konuşuyor, durumu hâlâ anlamış değilim.

Ne tuhaf yüzü var bu adamın. Alın çizgileri sıra sıra dizilmiş. Yüzünün dalgaları kabar kabar akan, kudurmuş selleri andırıyor. Konuştukça sesi başımın içine içine balyoz gibi iniyor. Yeşil gözleriyle bakışları etrafını delip geçiyor.

O da nesi, adam üzerime üzerime gelmeye başladı. Can havliyle ellerimi savurup adamı itmek istedim. Elimin değdiği bir şey yoktu. Tanıdık bir yüze benziyor, ama nereden, diye belleğimi zorlarken karşımda duran kimse yoktu. Gözlerimin baktığı ufukta, rüzgârla dans eden toz zerreciklerinden başka bir şey görünmüyordu. Ne adam ne de bakışıma karşılık gelen bir manzara yoktu. Etrafım bir hiçlik haliydi. Ne yer ne de gök. Yer gök yenilip yutuldu, adam da birlikte mi kayboldu, diye düşünüyorum.

Peki, dünya nerede? Dağlar, ovalar, denizler, pılını pırtısını toplayıp nereye gidebilir?

Ayağımın bastığı yer, başımın içinde gezindiği gök... Bensiz gidebilecekleri bir yer var mı? Bu hiçliğin içinde yersiz göksüz, rüya gibi nasıl yaşarım?

Boşluğun içinden bir ses: "Hey! Âdem'le Havva'nın oğlu, sana sesleniyorum, duymuyor musun beni?"diyordu.

Bu; o adamın sesi, buralarda olmalı. Bana seslendiğine göre dünyada, buralarda bir yerlerde olmalı, diye düşünüyorum. Ben bunları düşünürken adam davudi bir sesle:

"Kendinden kaçamazsın, sırtında taşıdığın dünyanın dışında sığınacağın bir yerin yok! Sen dünyanın eli kolusun. Anan toprak, baban göktür senin! Dünyayı konuşur, dünyayı yaşarsın. Yüzün onun yüzü, gözlerin onun gözleri. Dilinin nağmeleriyle dünyayı okur, dünyayı yazarsın. Sen, O'sun. Dünyanın ta kendisi! Dünya; evrenin içinde bir zerre, sen de bu zerrenin zerresisin. Sen, yarı uykulu bu halinle nereye kaçacağını sanıyorsun? Sana diyorum, sana tinerci! Babadan soğuk yüzlü, anadan doğma çocuk! Benden, dünyandan kaçamazsın!

"Ne ölümden ne de yaşamdan kurtulabilirsin. Dünya, senin içinde... Sen de dünyanın içinde geziniyorsun. Korkma, dünya sensiz bir yere gidemez. Senin düşüncelerin, arzularının yatağında mışıl mışıl uyurken zorunluluğu düşünemedin. Dünya, bu yüzden cezalandırıyor seni.

"Gövden, korku ve arzularının tutsağı olmuş. Tinerci baban, garip yüzlü annen bu korkulara yenildikleri için sana ve kız kardeşine ihanet ettiler. Annen baban da senin gibi istediklerinin ötesindeki zorunlu olanı düşünemediler. Sen hâlâ anlayamadın düşündüklerinin sana gelmeyeceklerini!

"Sendeki varlık, dış dünya ile kurduğun köprülerin geleceğine niçin yol olamayacağını, içindeki bilgiler ise; bunun niçinini asla bilemeyecek! Hey garip yaratık, uyuyakaldığın bu yerde gördüklerin kâbustur. Uyan, aç gözlerini! Gözlerini kırpmadan ileriye bak. Dünyaya doğru akan ışıktan köprüler göreceksin. Uçurumların üzerine kurulu bu köprülerden ancak kendi kanatlarınla uçabilirsin.

"Bu yolu ancak sen deneyebilirsin. Bu yol senin için Aşil'in yolundan daha uzun. Yıldızdan yıldıza atlamadan uzun bacaklarının asla farkına varamayacaksın!

"Ben, gördüğüm halde asla atlayamadığım bu ışıktan; köprülerden yıldızlara akan yolu sana söylüyorum. Kim bilir belki bir gün, bu yolu sen dener de menziline erişirsin, diye söylüyorum sana."

Adama bak, ben de bir şey diyecek sanıyorum. Kendi yüreğinin içemediklerini bana içirmeye çalışıyor. Sen, kendi sözcüklerinin kulübesinde mahkûm olmuşsun! Gördüğünü söylediğin uçurumları bana tarif ediyorsun.

Senin yiyemediğin bu saçmalıkları ben nasıl yiyeceğim, diyecek oluyorum, diyemiyorum.

Rüzgârın içinden konuşan suretsiz bir hayalete ben ne diyebilirim?

Sesim, soluğum çıkmıyor. Yoksa ben ölü müyüm? Bu soru yağmuru karşısında insan nasıl tepkisiz kalır?

Ölüm diyorum, ölüm dedikleri şey nedir? Ölümü ben nasıl öğrendim, nasıl biliyorum? Tinerci babam, babaannem soluklarını alıp nereye gitti? Gittikleri meçhulden sesleri bir daha geri gelmedi. Tinerci babamın, babaannemin seslerine ne oldu? Sesler bir daha geri gelmemek üzere ölüyor mu? Ben, hâlâ insanın evindeki ölümden söz ediyorum.

Ya peki insanın da içinde olduğu kırdaki, ovadaki bin bir çeşit çiçek, ağaçlar nasıl doğup nasıl ölür? Bir çiçek solup giderken sonsuzluğa, geride kalanlar sonsuzluğa erişenlerin ardından nasıl yâd edip, ağlar? Ya da kuşlar, ağaçlar, çiçekler düğünlerine, doğumlarına nasıl sevinir?

Aynı göğün kucağındaki topraktan fışkıran ak güllerle kırmızı güller, birbirleriyle nasıl komşuluk eder, nasıl sever, nasıl sevinirler?

Ak gülle kırmızı gülün aynı kırın yüreğinde birbirleriyle kavga ettiklerini gören olmuş mu? Ardım sıra bir gölge gibi beni izleyen bu ses orada bile hâlâ ölümden, dirimden söz ediyor. Ölüm bile düşündüklerinin efendiliğinden kurtaramadı seni.

Adam, garip sesiyle bana; "sen, sen," diye bir şeyler daha diyecek oldu. Adamın "sen"den sonra diyeceklerini gövdemden saçılan alevlerle boşlukta tutuşturup, yakıyorum.

Söylediklerinin, zihnimin tarihine yazılmasını istemiyordum.

Ey çaresiz, şimdi de sesimi yaktığını sanıyorsun. Hangi alev sesin soluğunu söndürebilir? Bana sesin yattığı yeri, mezar taşlarını gösterebilir misin?

Hangi ölümlü, sesin ölümünden söz edebildi? Ses, yaşamın sonsuzluğudur. Yalan dünyadan geçen küçücük bir nokta. Ya dünya, yaşamın bu geçişine engel olursa? İşte o zaman kıyamet kopar.

Yaşam dedikleri şey, iki ağzı keskin kılıç gibidir. Sakın elleme, engellerini biçer gider. Dahası yaşam; narin akışıyla küçücük, duru bir sudur. Akışının yoluna setler vurmaya kalkışma! Sel olur, senden taşar gider.

Yaşam, narin bir yeldir. Soluklarımızda hangi el bu soluğu durdurabilir? Yaşam yelleri yüreğimizden taşar gider. Yel, narin ayaklarıyla önce ağaçların yapraklarına iner, narin elleriyle okşar ağaçların yapraklarını birer birer…

Çocuk gibi ağaçların yapraklarıyla oynaşı oynaşı bir şeyler

aranır duygusuyla aynı anda çimenlerin üzerinde otların çiçeklerin birbiriyle oynaştığı görülür. Yel o anda çimenlerin üzerinde kıvırarak dans eden bir kızdır, aşka susamış kadının ılık soluğudur. Bir delikanlının göğüs kıllarını titretir aynı yel. Dağları, ağaçları içercesine solur. Canımıza deyip bize yaşamı hatırlatır.

Adamın sesi, boşlukta nereden geldiği bilinmeyen yel misali kulaklarımın içinde esiyordu.

Ağzına ne gelirse yüzüme yüzüme verip veriştiriyordu. Bu bir yanılsama olamaz, rüzgâr benimle konuşuyordu. Ya peki bu rüzgâr dedikleri suretsiz şey nedir? Ele göze gelmez, dile gelmez, dedikleri bu şey benimle konuşuyor.

Bela mıdır nedir, nereden gelip nereye gider, bu rüzgâr dedikleri diye düşünürken adam: "Eski kulağınla rüzgârın içindeki yeni melodiyi duyamazsın. Rüzgârdaki sonsuz melodinin ritimleri sana gelmeden kulaklarının pasında eriyip gidiyorlar. Yaşamayan, müziğin sesini nasıl duyar?"

Bu adam şimdi de benim ölü olduğumdan söz ediyor! Ben ölü müyüm ki rüzgâr benim kabrimde bana ağıtlar söylesin! Ölü olmayan rüzgâr, ölümü nasıl bilsin? Nereden gelip nereye gideceğini bilmediğim rüzgâr zatıyla benim ölümlü dilim nasıl anlaşacak?

Tinercinin oğlu, düşünmeye başlıyorsun. Bir ölümlünün geleceği olmaz. Şimdiki an, gebe kadın gibidir. Ancak gebe bir kadın geleceğini doğurabilir. Söyle bana tinerci oğlu! Şimdiyi içmeyen, susuzluğunu nasıl giderebilir?

Tinerci oğlu, sen trajik olanı görmeden mutluluk arıyorsun. Sen hâlâ, nesneleri elinden alınmış, onlardan yoksun bırakılmış baban gibisin. Tinerci babanın kaybettiği nesneleri arıyorsun. Öncekilerin kurduğu yanlış temel üzerine bina kuramazsın, ancak rüzgâr olursan kanatlarına erişebilirsin. Her kuşun yaşamı ancak kendi kanatlarının altındadır. Sen hâlâ tinerci babana miras kalan bu harabeye tutunuyorsun. İçinde şu an uyumakta olduğun bu ev; bir mezar yeri, sen de bu mezarlığı bekliyorsun.

Bu adam bulutsuz bir gökyüzünü sesinin alevleriyle tutuşturuyordu. Bilgim, kudretim adamın dediklerini anlamaya yetmiyordu.

Anlamların ötesindeki bu yerde; bir çocuk eline geçirdiği yavru köpekle nasıl oynarsa o da öyle oynuyordu benimle.

Seninle oyun oynadığımı düşünüyorsun değil mi? Hiç de düşündüğün gibi değil. O halde benimle konuş, konuşamıyorsun değil mi? Çünkü dünyaya söylediğin yalanlar benim için geçer akçe değil. Burada söyleyeceğin her söz ya hakikattir, ya hakikat. Burada ancak hakikat konuşabilir. Burada gerçek, dilinin uzanamayacağı kadar uzaktır senden. Burası dilinin yalan söyleyeceği yer değildir.

Dünyanın senin için başladığı yerde kapının yaşamının üzerine kapatıldığını göremeden korku ve kaygılarının içindeki müzminliğe sığındın. Kendine söylediğin yalanları iyi, kötü ya da cesaret sandın. Kapatıldığın zindanın kapısının anahtarlarının elinde olduğunu fark edemedin. İçinde olduğun hücreyi hep güllük gülistanlık sandın. Sen, kendine söylediğin yalanların esiri oldun hep.

Kapatıldığın mağarada, korku ve kaygılarının yanı sıra hazlarının da tutsağı olarak yaşadın. Dünyevi işlerini bu şekilde yoluna koymuştun. Bir de bu yoksulluğunun üzerini cilalayacak bilgelik gerekliydi.

Bir bu aksesuarın eksikti. Bunun için biraz doğudan biraz da batıdan oluşan sözcük dağarına birkaç filozofun sözleri de katılınca, üzerine bir parça meyhane edebiyatı, caz cuz, üç beş roman, şiir... Oh oh, cilanı tamamladın demektir. Yanıp tutuşup kül olmadan, her bir külün evrenin içine savrulmadan rüzgârın şefkatinden, öfkesinden içilmeden, bilgelerin geçeceği köprülerden geçebileceğini mi sandın? Üç beş ameleye sözünün sanatını katarak kendini Heraklitos, Hallac, Nietzsche mi sandın? Hadi, şimdi bu olduğun anın hakikatini bil de bilgeliğini, marifetini görelim!

Gerçekleşmesi güç olanın içinde tercihini iraden mi sanıyorsun? Ey tinerci oğlu, tinerci ciğerlerin tutuşmuş yanıyor. Gözlerin varlığı unutmuş. Elinde işlediğin iş, Azrail'in olmuş. Çocuklarının gözlerindeki ölümü görmüyor musun?

Sen, ölümü dört kollu sandığa girmek mi sandın? Sen varlığı unutarak, ölümünü ellerinle yazdın. Sen cebindeki bol sıfırlı kâğıtları; ekmek, su, aşk diye yuttun. Dünya senin afyon kilerin mi? Soğuk, en soğuk yılana sarılarak uyumayı kendine güvence saydın. Ulan tinerci, dünya ile kafa bulmayı oyun mu sandın? Ekmeğin, suyun, aşkın, yılanın dilinde ekilip biçilemeyeceğini daha anlayamadın mı?

Güç istencinin, toprağın derininde kargı olduğunu, onu orada görebilmek için derini gören gözlerin, o kargıyı yerinden almak için uzun kolların olduğunu bilmen gerekirdi. Senin için geç oldu tinerci. Sen, seni doğuracak tohumlarını kerhaneye ektin. Çürüyerek öldüğünün farkında değilsin. Ellerini gözlerini, doğuran aşkı, hazlarının oyuncağı mı sandın?

Neydi o bilgeler bilgesinin dediği güç istenci, insanların üzerinde söz salatası yaptığı? Bu sihirli söz; güç istenci, bilginin ötesindeki ışıktan köprülerden yürünerek o derin sularda bulunabilir. O şey nedir, sorusunu sordun mu?

O idrak sende ne gezer. Dünyaya yalanlar söyleyerek, dünyadan saklanarak bu yolun yürünebileceğini mi sandın?

Aslında hep kendini kandırdın. Bu yalanlarınla büyük varlıktan kendini gizleyebileceğini mi sandın?

O, senin bu yalanlarını baştan beri hiç yutmadı. Senin gelecek vaat etmediğini anladı. O, sende kendi ölümünü gördü. Sen derdine yan! Ağıt seslerini duymuyor musun? Anaların anası büyük tanrıçanın yaktığı ağıtlar senin ölümün için! O, ölümden dirime eserken hep hüzünlüdür.

O dirimsellik, kendini yoğurmaya başladı. Dünya, senden sonraki insanı doğurmak için şu an göklerle sevişiyor. Biraz sonra başlayacak olan dünya ile kasırganın dansını seyret. Ölümden doğuma hep aynı hüzünle eser. Bu, oluşun sesidir. Nerede hayır, nerede evet diyeceğini bilemeden ölüp gittin tinercinin oğlu.

Bu adam neler söylüyor, sen ölüsün diyor bana!

Peki ya, sen ne sandın? Varlığının, varlık içinde çuvala doldurulmuş kandan farkı neydi? Yiyip içeceklerini doğru seçemediğin için kanın bozuldu. Ölümün, kanının bozulmasından oldu. Dünyayı, yiyip içtiğin babanın teknesi sandın. Yıldızların, gökyüzünün, ormanların, ırmakların, denizlerin sesine kulak vermeden yaşadın. Dünyayı, elinde istediğin gibi kullanabileceğin çekiç sandın. Bütün anlamların kaynağı olan toprakla oyun oynayabileceğini sandın. Yaşamın anası, tanrıçamız olan toprağı zor kullanmaya kalkışman insanlığının ölümü oldu.

Dünyayı hiç dinlemedin. Varlığın akışında onunla birlik olmak yerine dünyaya egemen olmaya kalkıştın. İşte baltayı taşa vurma diye buna derler.

— Bu adam benden ne istiyor? Sanki ben öldüm de beni cehenneminde sorguya çekiyor. Ne istiyorsun benden be adam, diyeceğim, gıkım çıkmıyor.

— Tinercinin oğlu tinerci! Kendini boşa zorlama, sözlerin de gövdenle birlikte öldü. Dünyadan koptun, artık düşüştesin. Sözcüklerine kıymet verecek kurbanların da öldü. Dünya senin insanlığından, senden, sessiz sedasız çekilip gitti.

Suların topraktan çekilip gittiği gibi, sen de kuruyup çölleşeceksin.

Bir zamanlar her şeyin ölçüsü olan insanlığının aklı bu hiçlikte bir işe yaramaz. Dünyaya ait olan özün boşaldı. Özsüzlükten kırıldın, odu ve ruhu bedeninden ayrıymış gibi okudun.

Hadi, şimdi odsuz ve ruhsuz yaşa da sendeki bu kadavranın kerametini görsünler. Yeryüzünde kargaşa ve düzensizlikle vücut bulmuş aklın burada işsiz kalır. Burada hükmedeceğin bir şey bulamayacaksın.

Dünyaya hayali hâkimiyet düşüncesi yerine, dünyayı dinleyip hürmet etmesini bilseydin bu boşluğa düşmezdin.

Devre mülk dilinin evini babanın malı mı sandın? Konuşanın dünya olduğunu hiç mi düşünmedin? Aklın sıra soyutlamalar icat ederek dil okunun bir boka saplanacağını sandın. Sen gören dünyanın gözleri ile az ileriye doğru baksaydın, dünyanın şefkatli elleri kim bilir hangi kapılarını açacaktı sana.

Aklının körüyle dünyaya bakmanın sana nelere mal olduğunu görmeden ölüp gittin. Bedenindeki kan, dünyanın ırmaklarından ayrı mı akıyordu? Bunun için mi binlerce yıl gerilere giderek tarihin içinde kendine asil bir kan aradın?

Bu düşünüşün şu anı, oğlunu kızını, dünyadaşlarını, yurttaşlarını, sevebileceğin en uzak akrabalarını bile unutturdu sana. Mikroskopla kanında hangi DNA'ya ait olduğunu yana tutuşa arayıp durdun.

Hakiki kanının şimdi ayağını bastığın toprakta olduğunu bir türlü göremedin.

Eğer düşünce gözün kör olmasaydı, yaşadığın anı, bugünü, seni saran yeri göğü ve içindekileri, birini diğerinden ayırmadan çok, hem de çok sevecektin.

Bugünle kavga ederek, aslını geçmişte aramak sendeki düşünce körlüğü değil miydi?

Eğer olduğun anın şimdisini sevebilseydin, dünü yarını, sonluyu sonsuzu, hepsini birlikte sevecektin.

Sen aslında kendini hiç sevmedin. Kendini sevebilseydin; sevdiğin sen, dünyayı da birlikte sevecekti.

Senin için çok geç. Eyvahların, elinin inşa ettiği cehennemlerden asla ve asla seni kurtaramayacak. Sevemeyen karakterin, senin kaderin oldu.

O ırmaklar, o güzel ırmaklar, şu an başka bir sabahın içinde doludizgin akıyorlar. Sendeki ölüm, seni topraktan bile sürgün etmiş. Sürgün edildiğin hiçlikte köklerinle birlikte ölüp gittin.

Sen, çocuksu gözlerle dünyaya hiç bakamadın. Düşünce, ancak çocuksu hayretlerle oyun oynar.

Nefretin gözlerini kan bürüdü. Hırslarını çocuklarının toprağına ekerek, çocuklarını da öldürdün.

Nefretten nefret etmeyi bilseydin, içindeki sevgi hazlarının kurbanı olmayacaktın. Sevgisizlikten dağların, bağların kuruyup gitti. Sendeki titremeleri korku sandın, korkudan korkarak ödsüz yaşadın.

Ödü olmayanın özü olur mu? Bu yüzsüz gözsüz, sıfatsız ses şimdi de kalkmış ödü olmayanın özü olur muymuş, diye beni özsüzlükle suçluyor. Oysa ben nereye gitsem bir sümüklü böcek gibi dünyayı sırtımda taşıdığımı bilmiyor muyum? Ya da bir başka benzetmeyle; dünya bir örümcek ağı, ben de onun ağına düşmüş zavallı bir kelebeğim. Kara örümcek beni ne zaman yutacak, diye bekliyorum.

Yaşamıma kurulmuş bu tuzağa nasıl düşürüldüm? Bana sorulmadan, bir vücuda hapsedilerek salındığım dünyada turistik bir geziye çıkar gibi geceyle gündüz arası, dört mevsim hallerindeyim. İlkbahar, yaz, sonbahar, kış görüntüleri içinde. Eğer şansım yaver gider de başıma bir taş düşüp erken göçmezsem, hayat, mevsimlerine göre bana yemişlerinden sunar. Yüreğime saldığı garip bir ateşle beni aşkın kucağına ansızın atıverir. Tinerci babamla suskun annem, oynadıkları aşk oyunuyla beni vücuda getirip dünyaya nasıl saldılarsa...

Bedenimi zehirli kara örümceğine kurban etmeden önce benden de yeni doğacak kurbanlarına ekilmemi istiyor bu dünya.

Kara örümceğin ağına düşmeden, bir an önce firar etmeliyim. Ya peki, firar edince dünyadan başka gidebileceğim bir yer var mı? Beni oraya götürecek iradeyi, dünyasız nereden ve nasıl bulacağım?

Elim kolum bağlı vaziyette dünyanın kapı önlerinde ölümü bekleyeceksem, bende var olduğu söylenen bu irade neyin nesidir?

Bu halimle dünyanın içinde turistik gezideyim. Bana gösterdiği üç beş garip görüntüyle gezinip oyalanıyorum.

Acıkınca bana bir parça yiyecek versin diye yaşamım, dünyanın kapısının önünde köpek misali bekliyorum. Birazdan beni yutacağını bildiğim kara örümceğin kapısının önünde neredeyse yalvara yakara geziniyorum. Kara örümceğin kapı önünde neyi bekliyorum? Mevsimlerine kanıp, geceyle gündüzle oyalanıp sonra da bu dünyanın kara kucağına düşeceksem...

Ey dünya, nedir bu halin? Elime tutuşturduğun birkaç oyuncağın dışında sen nesin? Senin nereden gelip, nereye gideceğin gerçeğini bilen kimse yok. Kaldır şu üzerine örttüğün kara örtülerini de ciğerinin kaç altın ettiğini bilelim.

Ey dünya, bu gizlenmeyi nasıl beceriyorsun? Sen gizemliliğini korurken benim hallerime bak. Güneşinin altında her yanımla kabak gibi açıktayım. Ne ölümden ne de açlıktan, susuzluktan, uykusuzluktan kaçabiliyorum. Göğünün soluğunu bir yudum eksik alsam ne olacağımı bilemiyorum. Ötesini berisini bir yana bırak, bana yedirip içirdiğin şeylere, bağırsağımın bokuna bile sözüm geçmiyor.

Söyle bana dünya, sidiğime bokuma sözüm geçmiyorsa, senin bana verdiğin dilimden dökülen sözcükler kendimi kandırmaktan öte ne işe yararlar.

Varlığının varlığıma verdiği bir parça yemiş, bir yudum soluk, birkaç adım yol, bir öpücük kadar kısa aşk, ipi senin ellerinde olan bir yumak ömürden gayri neyim ben?

Gündüzleri birkaç yemiş için peşinden koşuşturup posamı çıkartır, elim ayağım yorgunluktan tükenince nereden geldiğini bilmediğim uykuyla bedenimi esir alırsın.

Susuzluğuna, açlığına, nereden geldiğini bilmediğim uykuna ve aşkın kollarına karşı duracak bir iradem yoksa, söyle dünya, bende olduğu söylenen bu irade müsveddesi ne işe yarıyor?

Biliyor musun dünya, senin bana oynadığın oyunları artık yutmuyorum. Senin söylediğin yalanların farkında olsam da kapının önünde it gibi beklemekten başka bir şansımın olup olmadığını hâlâ bilmiyorum. Kapının önünde it gibi beklerken; seni okuyup, seni yazdım. Konuştuğun dilleri öğrendim. Her diline bir kimlik ve çoklarından birisini imleyerek. O da benim insanım, dedim. Anlayacağın, kendi kendime hem gelin hem damat oldum.

Bu da yetmedi; sesimin çalgılarıyla türlü oyunlar oynadım. Varlık altı varlık üstü, iç dünya dış dünya, diye seslenişlerimde sence bir gariplik yok mu?

Sana; dünya, diye seslenişimin umurunda olmadığının farkındayım. Ellerimi göğe kaldırıp yakarışımın göğün umurunda olmadığı gibi, senin mezar yeri gövdene yakarışlarımın da senin umurunda olmadığını biliyorum.

Ben yine de açık konuşarak içimdeki taşları dökeyim. Senin ağır gövdeni niye sırtımda taşıyorum? Senin koca dağ doruklarının, sonsuz gibi görünen ovalarının, derin denizlerinin artık bir gizemi kalmadı. Gözümden düştün dünya! Sen de en az benim kadar ölümlü ve düşkünsün dünya. Kim bilir; belki senin tanrın da güneştir.

Eğer bir tanrın yoksa dünya, bunca kurbanı kime ne diye veriyorsun? Sen elime verdiğin cicili bicili oyuncaklarınla çocuk gibi beni daha fazla oyalayamazsın. Artık bunları seninle konuşmasam daha iyi olur. Karşımda kadavra gibi durmuş, bön bön bakıyorsun. Bir ölüden farkın yok dünya. Eğer kerametin olsaydı, tımarhanelere kerhanelere ev sahipliği yapmazdın. Çıldırttığın insanları önce birbiriyle boğuşturuyor, sonra karşılarına geçip seyrediyorsun.

Yarattığın delilerin seni delik deşik ettiğini görmüyor musun? Onlar, gebeliğini bile elinden aldılar. Artık bu kısırlığınla ne gül ne de gülistan doğurabilirsin.

Artık susmak, susmak istiyorum. Bugüne kadar seni okuyup yazan yalanlarıma tutunmadan, ağaçların dallarında bir yaprak gibi kıpır kıpır dans ederek, yıldızlar kadar suskun, delilerinden uzak yaşamak nedir, diye sormadan var olmak istiyorum.

Şu halimle çöl haşerelerinin arasına düşmüş kar tanesinden farkım yok. Şimdi soruyorum; yüzünü, aslını astarını bilmediğim bu konuşan adam, bana dünyanın lime lime edilmiş halini nasıl açıklayacak?

Ey yüzünü görmediğim yüzsüz adam! Sen sayılarınla dünyanın bu halini nasıl hesaplayacaksın? Canı kandan, kanı ruhtan, aklı bedenden ayrı okunan dünyanın bu parçalarını nasıl birleştireceksin?

— Hey, gözü dünyaya kör bakan tinercinin oğlu tinerci! Şimdi de isyan ederek insanlığının parçaladığı dünyanın birliğini birleştirmemi istiyorsun benden. Bende konuşanın kim olduğunu sanıyorsun? Konuşan; yer, göktür. Kanım, canım, ellerim, sesim ona aittir. Yüreğim, onun göğünü soluyup, yelini ektiği bağların kara üzümlerinden bade içerek alır kanının rengini.

Sen, dünyaya giden yolların köprülerini çoktan havaya uçurdun. Dünyaya ait sendeki varlığı unuttun. İnsanlığının evi şu an dünyasız bir boşlukta geziniyor. Ve sen de bu evin içinde hâlâ umarsızca uyuyorsun. Varlığını unutmuş insanlığın ailesi birbirini boğazlıyor.

Elin, yüzün kanlar içinde. Bu halini sana gösterecek aynan bile yok. Sen içinde bulunduğun manzarayı göremiyorsun. Ben, senin son şansınım. Sana; öldüğünü, ölümünü gösteriyorum. Öldüğünü göremezsen, geleceğini doğuramazsın.

— Tuhaf değil mi? Adam, hem öldüğümü söylüyor, hem de ölümümü görmemden söz ediyor. Ölmüş birisi, ölümünü nasıl görüp bilebilir?

Be adam, önce şu ölüm dedikleri şeyi açıkla ki ben de doğru dürüst ölüp ölmediğimi bileyim. Durup dururken, henüz ölmeden mezara koymak niye?

Sen kimsin, bela mısın? Bula bula koca dünyada beni mi buldun? Üstelik benim yaşım ölüme çok uzak, daha çok gencim!

— Şimdi de zamandan söz ediyorsun. Ölümün, doğumun zamanla ilgisini nasıl kurdun? Senin çorak aklın, dünyanın zamanını nasıl bilebilir? Zaman diye okuduğun şeyin elinde kalanları nedir?

Sen bu bilgilerle ancak kendini kandırabilirsin, beni değil. Dünya dediğin o şey; benim. Ben bile ne zaman doğduğumu, ne zaman öleceğimi hâlâ bilemiyorum. İnancın kaç kez ölüp kaç kez dirildiğini bilmiyorum.

— Ölen bir daha dirilir mi, diye soracak oluyorum. Adam sanki aklımdan geçenleri duymuş gibi; bendeki ilk ölmeyi bana mı soruyorsun, diyor. Sonra ilk ölümüm, diye ekliyor; ben, annem ve babamda ölümümü, kendimde de doğumumu gördüm. Bu bildiklerimin dışında ölüm, doğum hakkında bir şey bildiğim yok.

"Dinlerken içim yırtılacak gibi oluyor. Bendeki iç daralmayı anlıyor. Yüzünü görmesem bile o beni görüyor, soluğumu dinleyecek kadar yakınımda. Adam, içimde yüzüyor sanki!"

Bildiklerin seni huysuzlaştırıyor. İçinde gezinen ben, dünyayım. Sus, sus da dünyayı dinle. Dinle de duy, sana daha neler söyleyeceğim!

Bütün ışıklarımı, mevsimlerimi, iklimlerimi, dağlarımı, ormanlarımı, ırmaklarımı, denizlerimi, beni saran göğümü, sana ekip öleceğim. Ve sen, ölümümde doğuşunu göreceksin. Beni öldürmedikçe hep ölü kalacaksın. Bunun için sana ölüsün, diyorum. Ne olur öldür beni. Öldür de sendeki doğuşumu göreyim. Öldürmedikçe, sende gerçekleşecek olan doğuşumu göremeyeceğim. Ne olur öldür beni...

Çünkü sen; benim gerçek oğlum, gerçeğimsin. Ben de senin baban.

Oradan seslenen şu şeye bak; şimdi de ben senin babanım, diyor. Adam düpedüz senin babanım, diyor! Olduğum bu yer neresi, ne yerin izi ne de göğün görünüşü belli. Göğün içindeki güneş de görünürde yok. Görmediğim biri benimle dur duraksız konuşuyor. Bu adam beni, benden daha iyi tanıyor. Üstelik senin babanım diyecek kadar bütün şeceremi biliyor. Oysa tinerci dediği babam öleli yıllar oldu. Babama tinerci, diye seslenen ise soğuk yüzlü annemden başkası değildi.

Bulunduğum yer neresi? Elime gelmeyen ahşap ev salınışsız, devinimsiz duruyor. Dünya ve gök, bütün yıldızlarıyla burayı terk edip gitmişler. İnsan yapımı bir viranelikten başka görüntü yok. Gecesiz gündüzsüzüm. Ne gecesi belli ne gündüzü bu boşluğun... Ne aydınlık ne de karanlık. Duyumlarımın algısız kaldığı kokusuz, renksiz bir boşluk... Hiçlik dedikleri böyle bir şey değilse, başka ne olabilir?

Boşluğun içinde, çuvala doldurulmuş kan ve kemikten başka bir şey değilim. Boşluktayım... Kollarımın hareketleri azalıyor, soluksuz kalıyorum. Hiçliğin içine düşmüş kan ve kas iradesi, yersiz göksüz ne yapabilir?

Eyvah! Ölüler şehri dedikleri yer burası değilse başka neresi olabilir?

Ben ölü müyüm, diye düşünecek oluyorum, bilmediğim ölüm hakkında ne düşünebilirim ki! Benimle konuşan esrarengiz sesin söyledikleri, dünyada öğrendiklerim, içimden geçen düşünceler hâlâ yaşama ait imgeler. Dünya, bedenimde düşünmeye devam ediyor hâlâ. Bir ayna olsa da yüzümün halini görebilseydim. Böylece onsuz yüzümün kaç bucak olduğunu öğrenirdim.

Kim bilir belki de yüzümün şu andaki hali gerçek üstü bir resmin tuvalinde. Komik, trajik ya da acınacak haliyle resmedilen yüzümü görebilseydim.

Ölü olsaydım dünyanın düşünmesi bende nasıl devam edecekti? Neleri konuşur, neleri yer içerdim kim bilir?

Ölü olsaydım, kan ve kemik torbası gövdem sırat köprüsünden geçiriliyor olacaktı. Beni iki yol karşılayacaktı. Ya cennette ya da cehennemde olmalıydım. Cennet ya da cehennem imgesi; cennet yeşil, cehennem ateş rengindeydi. Dünyada öğrendiğim bu imgeler, içinde bulunduğum hiçlikte yoklar.

Ne cennette ne cehennemde, ne gökte ne yerdeyim. Peki,

ben neredeyim? Nasıl düştüm bu bilinmeze? Yersiz göksüz hiçlikte ne içimden geçen geçmişi ne geleceği ne de şimdiyi dile getirebiliyorum. Ne yukarıdayım ne de aşağıdayım. Bu nasıl haldir?

Görünmez bir yüzün soluğu yüzüme doğru eserken, sırların içinden gelen ses bana şu soruyu yöneltiyor:

— Varlığının savrulduğu bu boşlukta dünyayı özledin, değil mi? Aslında dünyanın varlığını hatırladığından değil, sürüsünden kovulduğun insanlığın kör alışkanlıklarını özledin. Müdavimi olduğun alışkanlıklarını, oyunlarını özledin.

Yemeğini içkisini, kartları tuşlarıyla oyalanmayı özledin. Tıka basa yiyip içtikten sonra beyaz camın karşısına kurulmayı ya da stadyuma giderek taraftarı olduğun takımı alkışlayarak deşarj olmayı özledin. Kim bilir belki de özlediğin; kendini kerhaneye ya da kıyıda köşede seni bekleyen kadının kollarına atışındır. Çiftleşip, hazların tatmin olduktan sonra evine dönüp rahatça uyuyabileceğin günlerini özledin sen.

Kas ve kanın gücünü oyun mu sandın? Unuttuğun varlık, geleceğini bu hastalıklarına verir mi sandın? Yerin göğün varlığını, birliğini unutursan o da seni böyle unutur, alır başını gider buralardan.

İçinde olduğun hiçlikte boşluğa asılı çivisiz, tuvalsiz bir resim gibisin. Kanın ve ruhun senden göçüp gitmişler.

Boşluğun içinde düşündüğünü düşünmek sadece bir sanrıdır. Hep bu sanrılarla yaşadın sen. Unuttuğun varlığa dönmeden kendini bulamayacaksın.

— Adam, sesinin bu sözcükleriyle âdeta zor kullanıyordu. Adamın söylediklerini anlayamıyordum.

Dile getirdiği düşüncelerin, dünyanın yaşamındaki karşılığı neydi? Adam düpedüz oynuyordu benimle, öğrenmediğim bilmediğim bir oyunu oynuyordu.

İnsan daha önce hiç bilmediği bir oyunu nasıl oynayabilir? Sözcüklerin değer biçtiği, benimse değerini bilmediğim bu sözlere nasıl karşılık verebilirdim? Bu adam bir teolog mu yoksa bilmediğim bir dinden mi söz ediyor? Ya da hangi bilici, bilmediklerimi gelmiş bana anlatıyor? Sözcüklerini bir zor aracı gibi benim üzerinde deniyor.

Benden hiçbir ha, hı, evet onayı almadan; çok bilen ebeveynin, öğretmenin, işinin ahbabı meslek adamının konuştuğu gibi konuşuyordu.

Zor kullanmak için, illa da çelik elli devlet aygıtı olmak gerekmiyordu. Sözcükleriyle düpedüz işkence yapıyordu, işkence! Ortalıkta fol yok yumurta yok, bu adam benden ne alıp ne satacak anlayamıyordum.

Sözcüklerini; susamamış çocuğa zorla su içirircesine, suya doymuş toprağa yağmur yağdırırcasına sepken halinde üzerime yağdırıyordu. Yüzünün astarı yırtılmış bu davetsiz misafirden nasıl kurtulurum?

— Tinercinin oğlu, şimdi de benden kurtulmayı düşünüyorsun. Kendinden kurtulamazsın. Sende gezinen ben, nereye gitsen oradayım. Bir sümüklü böcek gibi dünyayı, yaşamı ölümü, iyi ve kötüyü içinde taşıdığını anlayamadın mı? Pes doğrusu! Sizi tanımlamaya en uygun sözcük; deli olmalı. Delisiniz, deli! Delilik hazlarının alametiyle kıyamete yürüdüğünüzün farkında olamadınız. Eski sözcüklerin mezarlığında sesinizi duymadan konuştunuz.

Şimdinin içinde, geçmiş ve gelecek hep kamburunuz oldu. Geçmiş Azrail'iniz, yarın ise ölümünüz oldu. Her biriniz yaşamadan göçüp gittiniz teker teker. Dünyayı unutup bu hiçliğe nereden ve nasıl düşürüldüğünü bilemedin.

Dünyadan sürgün edildiğinin farkında değilsin, insanlığın bozulmuş! Dünyaya, özüne, unuttuğun varlığa dönmeden bu bozulmayı onaramazsın!

Unuttuğun varlığı hatırlamak, dünyayı dinlemekle olur. Dünyanın sesi, bildiklerine ön yargılarına çarpıp dağılıyor. Sesimin sana ulaşamadığını biliyorum.

Sus, sus da dünyayı dinle! O, kitapsız ve kalemsiz yazandır. Seni varlığına özüne götürecek yolu ancak o söyleyebilir. Çünkü yol, ses, söz, düşünce ve sen o büyük varlığa aitsiniz.

— Bu adam dünya diye diye tutuşmuş! Ne yani, ben dünyanın ne olduğunu bilmiyor muyum? Dünyadan uzaklaşmış olamam. Biraz önceki sokağın başında duran o ev, hâlâ orada. Burada beni hayrete düşüren durum; yollar ve sokaklar, hepsi eriyip gitmişler.

Yersiz yolaksız bina boşlukta nasıl durur? Sanki gözümün içine bata bata bana bakan bir resim gibi hâlâ boşlukta asılı duruyor.

Dünyasız ev bark mı olurmuş? Dünya kendindeki çoklarını, beni ve bu evi terk edip nereye gidebilir?

Özünden olanları yadsıyabilir mi?

Şu an içinde olduğum durumu, sese ve söze aktaramasam bile içimden geçen her bir düşünce dile gelmenin arzusuyla yanıp tutuşuyor.

Şu an bir başıma hiçliğin içine fırlatılmış olsam da, dünya benden çok uzaklarda bir yerlerde olamaz.

Belki de benim bu halim bir yanılsama, bir rüya hali. Bir anda bu kadar bilinmezlik beni nasıl kuşatabilir?

Dünya benimle birlikte olmasa ben nasıl durabilirim? Ellerimle kalbimin üzerini yokluyorum. Kalbim hâlâ atıyor. Üstelik soluğumun sesini duyuyorum. Bu soluduğum gökler nereden gelip nereye gidebilir? İçimden düşünürken adam yine bana sesleniyor:

— Tinercinin oğlu, yavaş yavaş düşünmeye başladın. Ama dikkat et tinerci oğlu, tinerci düşünmenin yolu sert ve engebelidir. Biraz soluklan, ağır ama kararlı yürümelisin. Çünkü bu yolun geri dönüşü yoktur. Derin sularda ancak kan ve kas gücüyle yüzülebilir.

Yaşamının geldiği şu anda çocukluğuna dönemeyeceğin ne kadar kesinse bu hakikat sularının da geriye dönen yolları yoktur.

İnsanlığınızın vurdulu kırdılı kavgalarında düşüp gidenlerin hangisini geri getirebildiniz? Ya kaybettiklerinizin ardı sıra ağıtlar yakarak kendinizi uyuşturdunuz ya da garip seslerle naralar atıp, marşlar söyleyerek daha çok öldürdünüz. Tarihinizin her mısrası ölmeyi ve öldürmeyi anlatıyor. Hangi ağıt, hangi marş öldürdüklerini size geri verebildi?

Yaşam, insanlığınızın elinde saçı başı birbirine karışmış makaralara benziyor. Bindiği atı kendi canı sanan yolcunun akıbetini kim anlatacak? Hangi bilgiyle sonunun nereye varacağını nasıl bilecek?

Sen, ey tinerci oğlu! Bildiklerinin üzerinde uyuyakaldığının farkında mısın? Sende gördüğüm benim ölümümdür. Sen ölüsün, tinercinin oğlu! Düştüğün bu boşluktan zihninin içindeki hangi hayaletler kurtaracak seni?

Fizik, kimya, tarih, felsefe, edebiyat, matematik, bu hayaletlerin şimdi neredeler? Yap bakalım bu hiçliğin hesabını. Bu et ve kemik torbası içinde sen hangi uzantıdasın? Dünle yarın arasına sıkışmış gövdeni, dünden ve yarından kurtar da göreyim seni! Çağır şimdi geçmişte kalan bilenlerini, kurtarsınlar seni bu hiçlikten!

Sen uyuyakaldığın bu bilgilerinin üzerinde Godot'yu daha çok beklersin. Söyle bana tinerci oğlu, hangi bildiklerinin imgesi insanlığını düştüğü bu krizden kurtaracak?

Dünyasız elin kolun, gözün, sesin, kulağın olmadan yalnızca düşüncelerinle ne halt işleyebilirsin?

Hadi, biraz da sanatçılığının marifetlerini konuşalım. Dünyanın içindeki sesini unuttun. Sessiz hangi şarkıyı dillendirebilir, telsiz hangi çalgıyı seslendirebilirsin? Köksüz, boyasız, tuvalsiz hangi dalı resmedeceksin?

Dağlar, ovalar, nehirler, denizler, gökteki yıldızlar gökleriyle birlikte çekilip gittiler. Hangi düşü görüp romanını, şiirini yazacak, hangi zemini nasıl betimleyeceksin?

Varlığını unutmak; şiiri, romanı, müziği, resmi, hatta kendisini bile unutturur insana.

Delirmiş hırslarının kırıp dökeceği ne cam ne de pencere kaldı. Ellerinin dövebileceği, hazlarını soğutacağın kadınlar da sırra erdi. İnsanlığını doğuracak olan Ana Tanrıçalar dünya ile birlikte gittiler.

Varlıktan gelen varlığını, varlığın dışında aradın. Durup baktığın yerden ne kendini ne de dünyayı görebildin.

Dünyasız düşünce, dünyasız tanrı olur mu? Dünyayı, kendini bilemediğin için hakkı da hakikati de bilemedin. Dünya, senden gizlenmeyi sevdi.

Sen de bilmeyi, çocuksu arzularının oyuncağı sandın. Bilgi dediğin birkaç oyuncakla oyalanıp eğlendin. O birkaç oyuncağın da dünya ile birlikte gittiler. Sen dünyayı, elinin oyuncağı sandın hep.

Dağlar, ovalar, nehirler, gökler, yıldızlar seni daha ne kadar eğlendirebilirdi? Elinin kolunun, gözünün, sesinin erişip serpildiği insanlık ağacının, otlarla, kelebeklerle, kartallarla yılanlarla, gökteki yıldızlarla bir arada olduğundan ne söz edebildin ne de bunu düşünebildin. Şimdi çal oyna da görelim! Dünyanın bilmem nesi mi kaldı elinde? Uyuz bir filozof gibi kendini ve dünyayı kaşıyıp durdun. Açtığın yaralarına dünyasız deva bul da görelim! Kendini lokman hekim sanan tarafın, hangi ilacı hangi gülden ve nasıl bulacak? Güller de dünya ile birlikte akıp gittiler.

Tinercinin oğlu tinerci, bu dipsiz boşluğa nasıl düşürüldüğünü ya da nasıl düştüğünü bilemeden evrenin sırları içinde eriyip gideceksin!

Bir çuvala doldurulmuş kan ve kasınla kendini herkül sandın. Herkül sandığın iraden, kimin iradesiydi?

Kutsalların ve bilgelerinden sadece hazlarını dilendin. Kutsalların, bilgelerin ve acılarınla dost olmayı beceremedin.

Basiretsiz karakterin şimdi kaderin oldu. Bilmek bir ise, bilgelik yıldızlar kadardır. Sen, yıldızlar için evrenin demine vuramadan hiçleşeceksin!

— Bu adam kaç zamandır varlık hiçlik diye kulaklarıma lakırdayıp duruyor. Sen susmak bilmez misin be adam? Nedir bu varlık hiçlik dediğin şey?

Nice zamanlardır nice filozofların altından girip üstünden çıkamadıkları fiziğin, metafiziğin sokaklarını arşınlayıp duruyorsun. Ne olur be adam, kendine de bana da bir iyilik yap ve sus, sus be adam ne olur sus!

Varlık hiçlik, varlık üstü, varlık altı, iç dünya, dış dünya derken sözcüklerin uzayıp gidiyorlar. Bu sözlerle ne yapıyorsun? Sözcüklerle bina yapılır mı? Belki de bu sözcüklerle kafamın içine yeni bir bina kurmaya çalışıyorsun.

Peki, sözcüklerle kurmaya çalıştığın bina birbirlerini nasıl karşılayacaklar? Sözcüklerin binaya, binanın sana dünya demesi, senin deyiminle, dünyanın ne kadar umurunda? Bana göre sözcüklerin varlıklara verdiği ad, varlıkların hiç de umurunda değil.

Peki, sözcüklerin binaya bina demesinin binanın umurunda olmadığını ben nereden biliyorum?

Ha, az daha unutuyordum, asıl ben ne diyecektim? Ne haldeyim ki, diyeceklerim hâlâ dilimin ucuna varamıyorlar.

Ben ne diyecektim?

Ne mi diyecektim?

Sezgilerimin görüp, dile getiremediklerini mi?

En iyisi susmalı. Bilinmeyenlerle konuşmak beni ürkütüyor. Neredeyse bende bu adam gibi gevezeleşeceğim.

Sus be adam, sus da suların serinlesin! Neredeyse gevezeliklerini bir veba gibi bana da bulaştıracaksın. İsabet oldu da düşündüklerimi dile getiremiyorum. Yoksa gevezelikte seni kesin sollayacaktım.

Be adam, ne alıp ne satıyorsun? Ben ne alıcıyım ne de satıcı! Var git başımdan! Düştüğüm bu boşlukta kendi başımın çaresine bakayım. Nedir senden çektiğim? Bana, o koca dünya yetmezmiş gibi bir de koca bir evren oluyorsun. Sen nasıl bir evrensin? Benim gibi minik bir zerreye konacak dalın yoktur.

Varlığında var olan insanlığın içine düştüğü bu krizde senin hiç mi payın yok? Demirin balta, ağacın sap olmasaydı!

Bu yaratıklar, hangi oyuncakla birbirlerini öldürürlerdi? Şu an benimle konuşan sen dünya isen, bu dehşet oyunlarına sahne olan evin, kavgaları kışkırtan nesnelerin olmasaydı bu deliler hangi araçlarla birbirlerini boğazlayacaklardı? Kan, kas, el, kol ve bu ellere verdiğin kılıç sana ait değil mi? Bana öyle geliyor ki; varlığında kavgaya uygun zemin olmasaydı, kendine insanım diyen delilerin birbirlerini öldürmeyecekti. Ölen de dirilen de sensin! İyi de kötü de senin içinde. İyinin ve kötünün ötesinde yazılıp okunabilirliğe uygunsan, iyinin kötünün yazarı, kötünün faili insan da sana ait değil mi?

Nereye gitsem susuzluğum, açlığım, uykusuzluğum, aşk arzularım benimle birlikte geliyordu. Gövdeme kumanda eden açlık susuzluk, uykusuzluk, aşk arzuları benden düşünceyi sürgün ediyordu. Yolum bir vadiden geçerken aniden karşıma çıkıveren çıngıraklı yılana karşı tüylerim diken diken oluyor, bu varlığın ne olduğu sorgulamadan hemen cenk vaziyetine geçiyordum.

Peki, neydi bu hallerimin ürpertisi, adına korku mu, cesaret mi diyeceğiz?

— Tinercinin oğlu, insanlığının içindeki hayvana kanmasaydın!

— Sen ne çok konuşuyorsun be adam! Senin zehirli dilinin çıngıraklı yılandan farkı yoktur. Bilmem kaç zamandır bu zehirli dilinle sokuyorsun beni!

Şu savaşın yazarı, çizeri, faili ben değilim! Ben dünyanın içine fırlatıldığımda savaş kurultayları çoktan kurulmuştu. İnsanlık dünyanın içinde, hem dünya ile hem de birbiriyle savaşıyordu. Ben can havliyle bir cephesinde yer almıştım. Kendini okuyup yazan insanın öğrettiklerini bu oyun içinde öğrendim ben.

Ağacın dalına tünemiş kuşlardan birisi de bendim. Tüfek sesiyle havalanan kuşlarla birlikte o daldan bu dala konup göçüyordum. Başka bir dünyaya göçüp konacak halim var mıydı? Nereden bilebilirdim, katil avcının niçin beni hedef aldığını?

Bu dünyanın, yaşamın av ve avcıdan ibaret olduğunu bilerek mi doğdum? Ben de diğerleri gibi ölmeyi, öldürmeyi, iyiyi kötüyü, korkuyu cesareti bu dünyanın içinde öğrendim.

Çocuksu gözlerimin meraklı bakışlarını gökle örten ilk ben değildim.

Dünyanın yaşamı, avcı ve avın oyunundan kurulu değilse, otu ceylana, ceylanı aslana yedirerek en sonunda aslanın ölüsünü akbabalara ziyafet çektiren dünyanın kendisi değil mi?

Zihnimin içine yazılan bu görünüşlerin her biri hayaletti de ben mi bilemedim?

Duyumlarımla algıladığım, orada duran şeye var ya da yok demem ne içindi?

Dünyayı bu haliyle okuyup yazmanın eksikliği nerede?

Bir yerlerde eksikliğim olduğu için mi varlığını eksik algıladım? Bir yerlerde unuttuğum bir şey kaldı mı? İçim kasılarak her birini yeniden hatırlamaya çalışıyorum. Zihnimin hatıralarındaki bütün resimleri, hatta hayaletlerimi bile bir bir kontrol ediyorum. İyisiz kötüsüz ölüm, güzelsiz çirkinsiz bir yaşama rastlayamıyorum. Hayaletlerin bile iyisi kötüsü, güzeli çirkini vardı. İçinde olduğum vaziyetin ne çevresi ne görüneni, ne karanlık ne de aydınlık bir hali var. Bir soluk rüzgâr esmeyen bu boşluğa nasıl ve nereden geldim?

Kafamın içindeki resimler buradaki boşluktan daha da beter. Elsiz kolsuz hayaletlerimin ne bir ize ne bir yola yaradıkları var. Çıkarı çıkmazı olmayan bu boşluktaki dilimin eski çöplerini ne alan ne de satan var. Kafamın içinde, kıvır kıvır olmuş yılan misali yatan işsiz güçsüz bilgiler yetmezmiş gibi bir de kulağımın içinde çınlayan bu yüzsüz adamın sesi olmasa, belki de burada dingin ve sonsuz bir uykuya dalardım. Hâlâ anlamaya çalışıyorum; buraya nereden ve nasıl geldiğimi. En son hangi kara parçasından, hangi deniz yüzeyinden, hangi göğün içinden bu boşluğa düştüm ya da düşürüldüm?

En son düştüğüm ya da düşürüldüğüm yeri hatırlayamazsam, dünyanın evinin yolunu nasıl bulabilirim? Evet, evet ana varlıktan nasıl koptum, nasıl koparıldım? Düştüğüm yeri bilemezsem varlığın evinin yolunu nasıl bulabilirim?

En sonu anımsamaya çalışıyorum. Hatıralarımdaki resimler görüntüye gelmeye başladı bile! O gün yaşadıklarım çok korkunçtu.

Savaşta esir düşüp götürüldüğüm kamp yerinde, kurşuna dizilerek ölme sıramı bekliyordum. Her tutsak önce ağır işkencelerden geçiriliyor, sonra da esirlerin kendi elleriyle kazdıkları çukurların başına getirilerek kurşuna diziliyorlardı. Sağ kalanlar, ölenlerin üzerini toprakla örtüyordu.

Bu işi kalan sağlara, bize yaptırıyorlardı. İnsanlığımızın kimi ölü, kimi ağır yaralı diri diri mezara gömüyorduk.

Sıranın bana gelmesini beklerken: "Ne olur Allah'ım beni bir böceğe dönüştür," diye yalvarıyordum. İçime şu an olduğu gibi garip bir ağırlık çökmüştü, konuşamıyordum.

Kapatıldığımız kampta, o gece yarı uykulu yarı uyanık binlerce kâbus görmüştüm. Zincir şangırtılarıyla uyandım. Tan vaktiydi, dağlardan esen serin yele karışan ağır kokular, yakılıp gömülen ceset kokuları burnumu kıracak gibiydi.

Nöbetçi, zincirlerimi çözmüş, postalıyla karın boşluğuma vurarak: "Haydi kalk, sıran geldi," diyordu. Gözlerimi aralayıp nöbetçiye yalvarır gibi baktım. Nöbetçi bakışlarımı görmezden geliyor, karın boşluğuma tekme atmaya devam ediyordu. "Ayağa kalk ve adını soyadını söyle." Tekme darbeleri bir kez daha beni soluksuz bırakıyordu. Yoksa yine mi kâbus görüyorum, diye ellerimle yüzüme dokunmak istedim. Kollarım güneşin altında solmuş pancar gibi yana düşmüştü. Kollarım, ellerim gövdeme ait değillerdi.

Kocaman boşluğa açılmış gözlerimin kapaklarını örtemiyordum. Nöbetçi bu kez postal darbeleriyle yüzüme gözüme vurmaya başlamıştı. Dipsiz bir boşluğa doğru yuvarlanıyordum.

El Greco'nun figürlerindeki cesetler gibiydim. Soluğum gövdemi terk edip gitmişti. Susuzluktan yüreğim yanıyor, üzerime dağlar devrilmişçesine, nefes alıp veremiyordum. Annemin yüzü üşümüş gibi bana bakıyordu. Bakışları soğuk mu soğuktu.

Buz dağına düşmüştüm sanki. Üşüyor, üşüyordum. Diğer üşümelerime hiç benzemiyordu. Ayaklarımın altında tuhaf alevler geziniyordu, beni tutuşturup yakacak gibi. Tutuşarak cayır cayır yanmaktan korkuyordum.

Tinerci babam ölgün gözleriyle bana bakarak, peltek bir sesle: "Bunlar adam olacak da?" Bir şeyler daha diyecek oluyor, bekliyorum daha ne söyleyeceğini. Dili birbirine dolaşıyor, arkasını getiremiyor. Ve karın boşluğuma bir tekme daha alıyorum. Duyduğum acıdan çığlık atmak istiyorum, soluğum tutuluyor, bağıramıyorum. Babamın kudurmuş öfkesini gören üç yaşındaki kız kardeşim, çığlık çığlığa annemin eteklerinin altına sığınıyor.

O ara can havliyle annemin eteklerine sarılıyorum. Soğuk yüzlü, soğuk elli annem beni babamın tekmelerinin altına itiyor. Bu da nesi? Tinerci babam karnımın üzerinde tepiniyor. Birdenbire çığlık çığlığa bağıran babaannemin sesini duyuyorum: "Hayırsız oğul torunumu öldüreceksin!" diyor. Hiç vakit kaybetmeden, uçan tekmesiyle tinerci babamı yere seriyor.

Rüya görüyor olmalıyım. Bu ne biçim rüya! Ben büyüdüm, diyorum. Tinerci babam öleli yıllar oldu. Beş yıl sonra da babaannem ölmüştü.

Babaannem olmasa beş yaşındaki çocuk halim nice olurdu. Belki daha o zamanlar açlıktan, kimsesizlikten ölmüş olacaktım. Annemi ve kız kardeşimi o günden sonra hiç görmedim, hâlâ nerede olduklarını bilmiyorum. Aile ocağında yaşadığım bu sahneler peşimi niye bırakmıyor?

Beni bırakıp giden çocukluğum, annem, çok sevdiğim kız kardeşim öldüler mi kaldılar mı? Hâlâ bilmiyorum.

Bu da nesi? Başımın üzerinde durduğunu sandığım güneş, bana veda etmeden geçip gidiyor! Dünyayı terk edip bir daha geri dönmeyecek mi? Ve güneş beni bırakıp gidiyor. Bir başınayım şimdi. Kendimi zifiri karanlığın içinde buluyorum. Nereden geldiğini bilmediğim yıldızlar yağmur gibi başımın üzerine yağıyor.

Ben neyim, ne haldeyim, bu haller nedir? Düş müyüm gerçek mi? Düş nedir? Peki ya gerçek? Birisi boğazımı sıkıyor: "Çek ellerini boğazımdan, beni öldüreceksin!" diye bağırmak istiyorum, bağıramıyorum. Ölüm, nedir ölüm dedikleri? Yaşamadığım ölüm hakkında ne biliyorum? Ölüm deyince bu adam yine başucumda bitiveriyor. İşte, yine karşımda duruyor! Bu o, diyorum. Nereden çıktı? İşte o adam! O, çay bahçesinde nargile içer, kendi kendisine konuşurdu. Bu adamın dediklerinden bir şey anlamasam da, çocukluğumun meraklı bakışlarıyla bu adamı izler, konuştuklarını can kulağıyla dinlerdim.

İşte bu konuşan yüzsüz adam, o adamın sesi değil mi? O günden bugüne saçlarına bir tel bile ak düşmemiş! Mübarek, sanki buzhanede dondurulmuş, kobay deney insanı. Belki de buzhaneden binlerce yıl sonra çıkartılıp buzları çözdürülmüştür. İnsanlık mazisini, yeniden yaşama döndürülen bu adamdan mı öğrenecek?

Yine bana doğru geliyor. Çocukluğumda olduğu gibi, hiç kimseye bakmadan kendi kendisiyle konuşuyor.

"Ben dünyayım; elim kolum, dünyanın eli koludur. Bende düşünen ve eyleyen, dünyanın ta kendisidir. Dünyayı konuşur, dünyayı yaşar, dünyayı ölürüm!"

Bu adam konuşmaktan hiç yorulmaz mı? Kendi kendisiyle konuşmaya devam ediyor. Bunca sözcüğü nereden bulup çıkartırsın be insan, diyerek adamı itiyor, oradan uzaklaşıyorum.

Ben de bu adam gibi kendi kendime soruyorum: 'Dünya; sen bu adamın eli, kolu, düşüncesi, ölümü ve yaşamı isen benim neyimsin? Dünya üzerindeki şu sır perdesini arala da bilinmezlerini görebileyim. Ben sana yaklaştıkça sen daha da uzaklaşıyorsun. Susuzluğum, açlığım, uykularım ve ben nereden gelip nereye gidiyorum? Arala şu sır perdeni, kaybettiğim sevdiklerimin yüzünü bir kez olsun bana göster. Sahnede gezinerek bana oynattığın bu oyun nedir?'

Ben adamı itip bir engeli aştığımı sanırken, adamın sesi bir kez daha ardım sıra sesleniyor: "Sen kendini ne sanıyorsun, benden kurtulacağını mı sanıyorsun? Ben dünyayım, nereye gitsen oradayım. Ölün de dirin de bendendir. Sana içirdikleri bunca yalanı, iyiyi, kötüyü, ölümü, yaşamı güzeli çirkini ne sandın?"

İçimden, ardım sıra söylediklerinin karşılığını düşündüm. Yalan nedir, gerçek nedir? Susuzluğum, açlığım, uykusuzluğum, içimde yanan aşk ateşi... Bana yalan mı söylediler?

Bu esrarengiz adamın kendi kendisine sorduğu sorular zihnimi çelmeseydi, bu bilinmezlikler hakkındaki soruları hangi düşüncenin diliyle nereden ve nasıl soracaktım?

Belki de o esrarengiz adam benim! İşte şimdi saçmaladım. Bu saçmalıklar bana ait değilse bu adam kim?

Dünyanın içindeki dışındaki bunca çoklar kim? Nerden gelip nereye akıp giderler? Tinerci babam, annem, kız kardeşim, babaannem, onlar kim? Kaybettiklerim şimdi neredeler? Ya bu ben dediğim. Ben kimim, neyim?

Bu soruları kendi kendime sorarken, ardım sıra bağırıyor yeniden:

— Benim sesimi duyduğumdan eminim. Fakat doğru dürüst dinlediğinden emin değilim. Şizofren bir hasta gibi kafanın içindeki resimlerde çakılı duruyorsun. İnsanlığının, bilgilerinin ne olduğunu sormadan bu bilgilerinden ne kadar da emin görünüyorsun. Bu insan hallerinizi, kendinizi evrenin merkezi sanıyorsunuz. Size bildiklerinizi aslında bilmediğinizi söyleyecek olsam, sesimin kulağınızdan geçmeyeceğini biliyorum.

Bildiklerinizle dünyanın arası çok açılmış. Siz bildikçe dünya daha da uzaklaşıyor.

Bilgisinin zincirlerine vurulu insan, sözcüklerin mezar yerinde, ölümünü beklemek niye? Zihninin içindeki kalabalıklar ve çıkardığı gürültü düşünceyi, varlığın evinden kovuyor. Düşüncenin ürkek bir yel olduğunu, gürültüden kaçtığını düşünemedin.

Tinercinin oğlu! Sende gördüğüm ölümümden yeniden doğmak zorundayım. Dinle beni, beni dinlemek zorundasın! Ben, sendeki dünyayım. Her bir parçam kendini bilmek zorunda, varın evindeki diğer çoklar gibi sen de dünyadan gelip dünyaya giden bir gülümseme, bir hüzünlü bakışsın.

Zaman ve uzam diye okuduklarınız birer yalandır! Çık bu sözcüklerinin mezarlığından! Ben ve o demek; bölücülüktür.

Sözcüklerinizle; yer gök, taş duvar, mavi kırmızı, yel güneş, sınır diye diye dünyayı lime lime ettiniz.

Sözcüklerin arkasına saklanarak üzerlerinize giydiğiniz mor, ak, ala benekli kıyafetleri gerçek sanıyorsunuz! Sözcükler olmasa kendinizi iyice çıplak sanacaksınız. Sen daha anlayamadın mı? Gelmiş geçmiş binlerce ölü ya da diri dilin söylediği, bir incir çekirdeğini dahi dolduramadı.

At şu gövdene giydirdiğin binlerce yalandan dokulu kıyafetleri! Daha sonra kanının üzerine giydiğin çaresiz deriyi de soy, sal kanını deryalara. Kemiklerin toz olup gidince, yıldızlara varıp, yıldız içip demine vardığın zaman gör hakikati! Gözlerine yıldızlar yağınca göreceksin sana gülümsediklerini.

Bu dem, şarapçı babanın içip sarhoşluğuyla kollarındaki çocuğu, seni, uçurumlardan atmasına benzemez.

Ben Parmenides'in dolu çömleklerinden, Hayyam'ın, Hallacı Mansur'un, Anadolu'da Yunus'un içtiği hakikat deminden söz ediyorum. Sana kelebeklerin, kuşların, maralların yurdundan, insanlığının ayağına çağırdığı suyun ve ateşin gazabından kendini tez kurtar diyorum.

Çık şu kendini unuttuğun mağaradan, bokunun içinde boğulup gideceksin! Çık şu ininden tinerci oğlu! Orada korkularının esirisin, dışarıda güneş katıklı yeller iç. Orada seni bekleyen gür kanatların var!

— Adam sanki kıyametin habercisi... İsrafil'ce çık diyorum sana ölüler ilindeki insan evinden! Bol sıfırlı gölgeler, yüzünü görmediğin garip hayaletler o yerde sana oyun oynuyorlar. Senin sesinden uzak çalgıların çalıp söylediği zanaatı, sana sanat diye yedirip içirdiler. Varlığın evindeki hakikatin sesi; senin sesin! En güzel şarkıyı kendi sesinle söyleyebilirsin.

Tinerci babanla soğuk yüzlü annenin içip içip seviştikleri bir zevk anında seni düşürdükleri bu toplum mezarlığından çık dışarı!

Yoksa meyvendeki çekirdek, ormandaki ağaçlar gibi kök salmadan, insanlığını dünyanın evinden kovduracaksın bana. Sen korkuların evinde, tutsaklığının üzerinde uyurken dünya zorunluluğuna doğru akıyor. Sense çocukluğuna yedirilip içirilen bu yalancı oyuncaklarla oyalanıp duruyorsun. Dünya senden uzaklaştıkça bozularak erimektesin. Aynı sözcükleri konuşmak benzerliğimize yetmiyor. Aynı dünyadan gelip aynı dünya ile yolculuk etmektir benzerliğimiz.

Senin bu halin, derin sulardan gelip yolunu şaşırarak karaya vuran balıklara benziyor.

Sana seslendiğim yerden hâlâ yüzümü arıyorsun. Dünya senden uzaklaştıkça yüzüm sana görünmez oluyor. Bir süre sonra sesimi de duyamayacaksın.

Ah o çaresiz gözlerin; yukarıya bakmaktan yorulmuş engelli bakışların, düştüğün çukurda seni sana göstermiyor.

— Adamın dediklerine karşılık bir şeyler diyecek oluyorum, diyemiyorum. Sesim soluğum hâlâ düğümlü.

— Adam bana; ben dünyayım sen de benim bir parçamsın oğul. Ah benim dağlarımın ovalarımın denizlerimin göklerimin iki gözü, canımı, ellerimi, gözlerimi, beni bırakıp da gitme. Biliyorum oğul, sen hâlâ yaşıyorsun, diye sesleniyor.

— Adam "ah, ah," derken soluğun sıcaklığı yüzüme değiyordu. Sesinin ağıtsı bir melodisi vardı.

Kulağıma anlamını bilmediğim garip uğultular gelmeye başladı. Adamın sesine hıçkırıklar karışıyor, sesi benden uzaklaşıyordu. Yanımda gibi duran, veda etmeye hazırlanan duyguların soluklarını duyuyordum.

Ses ağır ağır uzaklaşırken karşımda duran ahşap bina, ip gibi eğrilerek kayıp gidiyordu. Binanın içinden gelen kadın sesi ise çoktan yitip gitmişti.

Yolu yolağı olmayan, yersiz göksüz, karanlıksız aydınlıksız bu boşlukta ne bir koku, ne de tutunabileceğim gözle görünür herhangi bir cisim var. Manzarasız, gösterişsiz bir boşlukta gözlerim işe yaramıyor. Kulağımda ne bir ses ne de bir soluk. Bu boşlukta düşüncelerimle baş başayım.

Peki, bunca düşünce yersiz göksüz, karanlıksız aydınlıksız yaşamın içinde bir işe yarayacak mı?

Bu nasıl iştir; ne gövdem ne de gölgem, duyumlarımın algılayacağı bir şey yok bu hiçlikte.

Dünya başını alıp gitmiş kafamın içindeki nicelikler bana bir şeyler anlatamıyor. Uzamsız ve zamansız boşlukta pusulasızım.

Var olan oradan göçüp gitmiş. Bense bilinmezliğin içindeyim. Bir soluğum kalmıştı, o da beni bırakıp gitmiş. Nasıl olur? Dünya beni bırakıp nereye gider? Hani ben dünya idim! Nereye gitsem benimle birlikte olacaktı!

Ey dünya, iyisiyle kötüsüyle, tanrısıyla kurbanıyla başını alıp gidebileceğin yerin var mı? Ben şimdi bu hiçliğin içinde bir başıma susuz, aşsız, aşksız ne yapabilirim? Ne susuzluk, ne açlık ne de aşk yangını. Hiçlikte, hiç gibiyim.

Hiçliğin hüküm sürdüğü bu boşlukta düşüncemin yardımcıları, görünürde yok; sıcak soğuk sert yumuşak herhangi bir renk. Bu hiçlikte duyumlarımı herhangi bir fenomen karşılamıyor. Durumumun boşluğa asılmış resimden farkı yok. İnanın bu boşlukta; değil cenneti, cehennemi bile arar haldeyim.

Dünyadan bana yadigâr kalan zihnimdeki şu eski resimler, içimden konuştuğum eski sözler olmasa, dünsüz yarınsız bu hiçlikte inanın delirirdim.

Duyumlar üstü bu yere nasıl geldiğimi hâlâ anlamış değilim. Böyle bir hiçlikte olduğuma inanamıyorum. Duyuüstü ve boşluk; olsa olsa ölüler diyarıdır, diye düşünüyorum. Ya derin bir uykudayım ya da ölüyüm.

Bana bedenimi hatırlatacak herhangi bir acı da hissetmiyorum. Acısız, sancısız bu rüya gibi diyar neresi? Platon'un rüyasının bu diyarında, sığınacağım bir yer yoktur.

Bir yol bulup dünyaya dönebilsem, burada ne ölüm ne yaşam ne de varlığından söz edilecek. Varsız diyarı nasıl dile getirebilirim ki; boşluğun dünyayı nasıl kumanda ettiğini, duyum üstü bu hiçliğin bir yanılsama olduğunu.

Bu hiçliği gördükten sonra ne kadar yanıldığımın farkına varıyorum. Bana yedirilen içirilen yalanları, yanılsamalarımı, boş inançlarımı... Dünyaya dönebilirsem, zihnimin içinde sürü halinde dolaşan hayaletleri yakacağım. Peki, bu hayaletler zihnime nereden ve nasıl yazıldılar?

Duyumlarımın varlıkla teması sonunda ortaya çıkan titreşimlerin düşüme yazdığı nedir? Ya uydurulan efsanelerle zihnımde oluşan soyut resimler, güç aldığımı sandığım onca uyduruklarım...

Varlığımın başına gelen hiçlikle, dünyayı okuyup yazan uydurmalarımla başa çıkamıyorum.

Aklımın iş görmediği izsiz bir ıssızlıkta şimdi ne yapacağım? Anlayacağınız bu hiçlikte dünyasız düşünce bir işe yaramıyor. Ben dünyadayken, tanrının dünyayı bu boşluktan yönettiğini sanırdım.

Ne bir iz, ne de çıkarılacak yol var. Yardım dileyeceğim bir makam da yok bu boşlukta. Benimle birlikte; fizik, kimya, astronomi, matematik, felsefe, tarih -kısaca akla gelebilecek tüm lojilerin- bu hiçlikte ölüden farkı yok. İdemin dünyadan uzaklaştığı bu boşlukta, güneşle temas kuramazsam varlığımın başına gelenleri nasıl çözerim? Hale bak! Ortalıkta bir damla ışık olmaz mı? Yoksa güneş de dünya gibi yenilip yutuldu mu? Peki, her şeyi deniz gibi saran gökyüzüne ne oldu? Dünyanın ve güneşin başına gelenler gökyüzünün başına mı geldi? İnsanlar gökyüzünü de mi içip bitirdiler?

Neler olupbitti? Aniden öldüm, ben öldüm desem. Bu nasıl ölüm, ölü öldüğünü bilebilir mi?

Başım bir taşa ya da belaya mı çarptı? Baygın mıyım? Her yanımı bir hiçliktir sarmış, bu hiçliğin içinde eriyip saydamlaşıyorum. Bedenimden geriye saydam ışıktan başka bir şey kalmamış. Gözlerim, kulaklarım, burnum, dokunma duyum devre dışı. Saydam kabın içinde gezinen zerremin şey ve şey olmayan karşıtlarını okuyacak durumda değilim.

Ne varlığımdan ne de yokluğumdan söz edeceğim bir görünüşün içinde değilim. İçine doğduğum insanlığımın evindeki uzam ve zaman kavramları devre dışı...

Varlıktan, yokluktan, ölümden, yaşamdan söz edilemeyen bu durum nedir?

— Dünya beni bırakıp gitmiş. Ölmüş olabilir mi dünya? Dünyayı kim öldürebilir? Öldüyse katili kim?

Yine saçmalıyorum. Niye saçma olsun, Tanrı'yı öldüren katil dünyayı öldüremez mi? Peki bu katil, Tanrı'yı ne diye öldürdü?

Katil Tanrı'yı niye mi öldürdü? Niyesi açık değil mi, tabiî ki dünyayı ele geçirmek için. Çünkü Tanrı'nın katili çıldırmıştı. Tanrı'nın evindeki dünyada hazine var sanıyordu. Şimdi anlaşılıyor katilin Tanrı'yı niye öldürdüğü. Öyle ise katil, hazineyi bulayım derken dünyayı delik deşik ederek öldürmüştür. Belki de dünya henüz ölmemiş, yaşıyordur!

Bir an önce bir yolunu bulup dünyayı bu katilin elinden kurtarmalıyım! Çünkü ben ancak dünya ile var olabilirim. Elimin, sesimin, gözlerimin kökleri dünyanın içinde... Onunla doğar, onunla doyar, onunla ölür, dirilirim.

Doğacak çocuklarımın gözleri; arıların, kelebeklerin kanatlarında gizli. Varlığı ve varlığımı bu katilin elinden kurtarmalıyım! Bütün değerlerim; ellerim, gözlerim, sesim, soluğum, çocuklarım dünyanın içindeler. Yoksa bu hiçlikte göksüz, yıldızsız, dünyasız ne yaparım?

Belki de arıların, kelebeklerin kanatlarındaki çocuklarım dünyaya gözlerini henüz açıyor. Bu katil yalancı görünüşlerle çocuklarımın gözlerini kirletmeden, kirli sesiyle yalanlarını çocuklarımın kulaklarına içirmeden kurtarmalıyım!

Bir an önce dünyaya koşup; arıları, kuşları, kelebekleri, dağları, ovaları, nehirleri, balıkları ve çocuklarımı bu katilin ellerinden kurtarmalıyım.

Olduğum yeri bir çözebilsem, dünyadan yadigâr olan cüzi irademle özlediğim, kaybettiğim dünyayı bulabilirim belki.

İçinde bulunduğum hiçliği aklım bir türlü çözemiyor. Bu sonsuzlukta bakışıma karşılık gelen herhangi bir imge de gö-

görünmüyor. Ne ölüye ne de diriye benziyorum. Çevremde derin bir sessizlik hüküm sürüyor.

Dünyadaki ormanların baygın çam kokularını, çam ağaçlarının yeşiliyle konuşmayı özledim. Berrak gökyüzünün, fon üzerine dizili sıra dağlarına sırtımı dayayıp suların çağlayanlarını, kuşların derin göklerin içinde seğirişlerini, rüzgârın ağaçların yapraklarıyla çalıp söylediği konçertoyu dinlemeyi, tan sökümünde güneşin kırmızı şarabını içerek sarhoş olmayı özledim.

Gecesi gündüzü olmayan bu hiçlikte; geceleri gökyüzünün karanlıklarına serili, inci parlaklığına sahip yıldızları seyretmeyi, dünya manzaralarını özledim. Gözlerimin içine tutsak aldığım tüm manzaralar gözlerimle birlikte erimeye başladılar. Derin hiçlik beni içine çekiyor, eriyorum, eridim. Hiçleşiyorum, hiç...

Tinercinin oğlu, benim oğlum! İnsanlığının evi başına yıkıldı ve sen de insanlığınla birlikte öldün oğlum!

Artık ne ben ne de bir başkası, kimse kimseye yalan söyleyemeyecek. Çünkü uğruna yalan söylenilen bütün nesneler de insanlıkla birlikte eriyip gittiler.

Toprak Ana nasıl da cömertti! Ekmeğini, suyunu, meyvesini insanlardan esirgememişti. İnsansız seyreden dünyanın gemisinde; kurtlar kuşlar, ağaçlar kelebekler, balıklar geleceklerini çocuklarının gözlerine emanet ettiler. Hepsi vardıkları son anlarını, bir kızıl derili misali hüzünlü şarkılara bıraktılar, bir başka sese, yüze akmak üzere. Var olanda varlıklarının akışı hâlâ sürmekte.

Ah oğlum ah! Toprak Ananın yüzü kabar kabar olmuş. Yıkılıp giden insanlığın ardından dökülecek bir damla gözyaşı seni bana geri getirebilir mi?

Ne olur oğlum, beni böyle biçare bırakıp gitme! Gitme, gitme ne olur! Sen, benim kolum ol, ben de senin elinin kılıcı. Birlikte biçelim dünyanın evini saran yaban otlarını.

Dünya yeniden dersin, en güzelinden insan ormanlarını. Varlığın evinin bütün çoklarıyla bir canda, birlikte yaşayalım.

— Geç kaldın, tinerci babam çooook geç kaldın! Ne ben senin kolun olabilirim ne de sen kolumun kılıcı. Ne seni ne de soğuk yüzlü annemi, sizi, sizleri ne duyabiliyor, ne de düşünebiliyorum.

Sizlere ve insanlığa diyeceklerim; beni uğurladığınız bu mezar yerinde değilim. Beni buralarda aramayın. Ne gökte ne de yerde, beni ne görebilir ne de duyabilirsiniz. İnsanlığımdan bana miras o ahşap ev de eriyip sırlara karıştı. Ne seslerin sözlere kattığı bir anlam ne de anlamsızlık.

Bir doluluğun içindeyim. Uzamsız, zamansız. Hiç...

— Sana ne diyeyim oğul! Niçinini bilmediğim ölümümün, ölümümüzün başındayız. Hep ben konuştum oğul, hem seni, hem de beni. Sen hâlâ suskunsun. Ağacımızın gövdesinden sürgün veren güzel dalımız, ağacın mevsimlerine varıp çiçek açamadan kırılıp gittin gövdemizden.

İnsanın evinde bilmem ne kavgasında, körün taşı nereden nasıl gelip kıydı sana? Ben ve annen bu ahşap evimizde, senin oğlumuzun, soğuk ölümün başındayız. Ne ben ne de annen karanlığı aydınlığı görebiliyoruz. Ölen sen değilsin oğul; ben, annen ve insanlığımız!

Sen derin hiçliğin içine akıp giderken, ben ve annen yokluğunun duvarına çarparak paramparça oluyoruz...

Ah, ah! Ağacımın dalı, geleceğim, civanım oğlum, insanlığın, niçin nasıl öldüğümüzü belki de hiç bilemeyecek!

Senden sonra oğul, yeryüzü gökyüzü paramparça, halimizi

yazıp okuyacak kimsemiz kalmadı. Elimizin Azrail'imiz olacağını hiç beklemiyordum. En büyük kötülüğün beklemediklerimden geleceğini nereden bilirdim.

Canımın sıcağı, oğlumuzun anası sevgilim, kadınım sen, sen sende mi bu musibetin nereden gelip bizleri nasıl vuracağını hiç, hiç mi sezemedin? Analık içgüdülerin bizi böyle mi koruyacaktı?

Nasıl bir zemine doğduğumuzu, doğurduğumuzu göremeden öldük.

Eyvah, eyvah ki ne eyvah! Bu zeminin düşkünler evi olduğunu, bizi vuracağını düşünemedik! Karıcığım yüzün buza kesmiş, için yanıyor, içimiz yanıyor. İkimiz yana yana, alevler kusarak küle döneceğiz.

Sözcüklerden canımıza ev olur mu? Ama sen ve ben yaptık bu evi. Sözcüklerden inşa ettiğimiz evlerin her birinde; kiminde Tanrılarımız, kiminde krallarımız, iyilerimiz kötülerimiz ikamet ettiler.

Sen ve ben, kadınım, biz dünyayı sözcüklerden inşa etmişiz. İkimiz de bilemedik bütün sözcüklerin eski ve yalan olduklarını. Sözcüklerden kitaplar yazdık, romanlar, masallar, öyküler, şiirler, tarihler okuduk. Sözcükten kalelerimiz başımıza yıkıldı.

Öldüğümüz bu hakikatin huzurunda seni, beni, bizi dilimizin hangi yalanları teselli edebilir? Dilimizin kurduğu bu tuzaklara canımızı düşürerek oğlumuzu öldürdük. Bu katlin faili biziz. Sen ve ben, tutkularımız. Nesneler canımızı bize geri verebilecek mi?

Başucunda durduğumuz oğlumuz, sessiz ve derin uykusunda ne düşünüp ne konuştuğumuzu, içine düştüğümüz bu yangını, inlemelerimizi, ağıtlarımızı duyuyor mu? Bunu kim bilebilir?

Belki de bütün hakikat varlığın bu derin sessizliğinin içindedir. Kendisini bizden gizliyordur. Söyle ey büyük var olan nedir? Bizden gizlediğin bilinmezlerin, hayretlerim beni şaşırtıyor, başım dönüyor.

Ölüme doğru giden bu koşunun hangi uzamda, nasıl bir boşlukta salınıp gizleneceğini söyle bana! Koca varlık, ölüm diye okuduğumuz halin nedir?

Şu halime bakın, sanki basiretim bağlanmış! Ne yaşamın nereden gelip nereye gittiğini biliyorum, ne rüzgârın nereden esip nereye gittiğini.

Ey koca varlık! Karanlığının da aydınlığının da nereden gelip nereye gittiğini bir bilen yok. Varlığını duyumlarımla algıladığım seni, benden niye gizliyorum?

Şaşkınım, şaşkın. Sesini de sessizliğini de anlayabilmiş değilim. Nereden fırlatıldığımı bilmediğim bu yerde, elime tutuşturduğun cicili bicili oyuncaklarınla oyalanırken, bana verdiğin oğlumu, canımı benden koparıp aldın!

Söyle bana dünya, dost musun düşman mısın? Bizden koparıp aldığın oğlumu nereye götürüyorsun? Delireceğim, delireceğim şimdi; elimin goncası, tohum olup toprağa ekilip, gülüne demlenmeden ayırdın bizi. Zamansız dalımızdan kırıp aldın onu.

Oğul, oğul ne olur gözünü aç, bir şeyler söyle bize! Nereden gelir nereye gider bu hallerimiz...

— Artık bir şey duyamıyorum. Ne ahşap evin içindeki kadının sesini, ne de ardım sıra gelen yüzsüz adamın sesini duyabiliyorum. Boşluğa asılı ahşap evde inleyen kadın, bilinmez bir sırra erişip kayboldu.

Her yer karanlık, içine çekiliyorum. Karanlığın içinde; embriyoları andıran gözlerime doğru gelen tuhaf ışıklar görüyorum.

Siyah beyaz bir boşluk mu yoksa doluluk mu, bir şey diyemiyorum. Yer yer Elgrasso'nun figürlerindeki yüzleri andıran yüzler görüyorum. Bir anda etrafım bu yüzlerle çevriliyor. "Yoksa ben öldüm mü?" diye düşünüyorum. Düşüncem beni ürkütüyor. Etrafımdaki ölü görüntülerden kaçmak istiyor, kıpırdayamıyorum. Olduğum yerde devinimsiz bir haldeyim.

Etrafımdaki görünüşlerin aksine zihnimin içindeki dünyada gördüklerim, dünyanın içindeki manzaralar, olduğu gibi zihnimin içindeler. Yer, gök, orman, güneş, deniz; oldukları gibi zihnimdeler. İçinde olmadığım bu görünüşler nasıl olur da hâlâ dipdiri kalabilirler zihnimde... Bu karanlığın içine düşmesem, zihnimin bana oynadığı oyunu hiç bilemeyecektim.

Desene dünyadayken zihnim bana hep dünden kalan bayat manzaraları yedirmiş! Şimdisiz, hep dünü yaşamak, bu düpedüz uyumak değil de nedir? Vah zavallı, dünden kalan insanlığım!

Peki; ağaç, taş diye konuştuğum varlık halleri zihnimin içindeki boşlukta ne işime yarayacaklar?

Zihnimin içindeki imgeler, olduğum anla temas kurmama engel oluyorlar. Bu nedenle ne ölü ne de diri olduğumu anlayabiliyorum.

Desene, imgeden duvarlar duyumlarımı kör etmişler. Dünyayı olduğu gibi algılamadan boşa çiğneyip, ölmüşüm. Bu durumda insana demezler mi; dirin neydi ki ölün ne ola senin?

Duyumlarımın devre dışı olduğu karanlıksız, aydınlıksız bu yerdeki hallerime ne diyeceğim? Sesim de başımı alıp bilmem nerelere gitmiş! Şimdiki zamanda düşündüklerimi hangi sesle sözcüklere resmedebilirim?

Dünyanın evindeyken vardaki çoklara; ağaç, kurt, kuş diye seslenirken, kendime ne kadar çok yalanlar söylemişim meğer.

İri gövdeli varlığın evinde; var, yok, hiç diyerek çocuk gibi oyalanıp durdum. Şimdi cesedimin yollandığı bu hiçlikte, kendimi hangi yalanlarla kandıracağımı merak ediyorum. Seninle bu garip boşlukta hiçsiz, varsız, iyisiz, kötüsüz, karanlıksız, aydınlıksız mı konuşacağız?

Ne sesim ne soluğum, ne var ne yok? Hiçlik dedikleri bu haller, yoksa görünüşsüzlük mü?

Derin sessizliğin içinde, işliksiz kıyamet günümü bekleyeceğim.

Varlığın evinde yaşarken; iç dünya, dış dünya diye sözcüklerimin kurmacalarıyla oyalanırken bana yalan söyleten zorunluluk neydi?

Göğünün sisine, pusuna, bulut demek zorunda mıyım? Varındaki çoklarına ad verdirerek kendini benden, insanlığımdan gizlediğini şimdi anlıyorum.

Bir çocukla konuşur gibi benimle konuşarak, açlığıma ekmek su yedirip içirerek, aşk ve şarap ikram ederek, yarı uykulu hallerimle beni oyalayarak kendini benden hep gizledin. Şimdi de işliksiz kıyametini bekleyeceğim. Ne diri halime ne de ölü halime rahat veriyorsun! Senin elinin oyuncağı değilsem, sendeki varlığın nesi oluyorum? İmgeme insanım demenin ötesinde var oluşumun hakkında bir bilgiye sahip değilsem, ben dediğim ben, kimim?

Al bu bendeki seni! Öldürüp kına mı yakacaksın, ağıt mı söyleyeceksin bilmiyorum. Kına da senin, dil de senin!

İnsanlığının eline tutuşturduğun bunca oyuncağı bilmem nerenden çıkartıyorsun? Demirini, keskin kılıcını birinin eline verip, diğerini doğratırken ne kurbana acıdın ne de katile!

Bu oyuncaklardan biriyle de bana verdiğin canı geri aldın! Al, bu bana verdiğin canı başına çal!

Ha, şimdi anlıyorum; uzamın boşluğundaki ahşap evde,

ardım sıra inleyen kadın, benim annemdi. O şaşkın şaşkın, ardım sıra konuşan adam ise babam. Yanarım yanarım, annemin babamın ardım sıra şaşkın kalışlarına yanarım.

Belki de annem ve babam, ölümün, hatta yaşamın olmadığını hiç bilemeyecekler. Öyle bir ben yok ki bende. Onun için ne ölüyüm ne de diri.

Boşlukta raks eden sesinin, bu sözcüklerin kökü sen de değil de bende mi? O halde sensiz ben kim oluyorum? Ben mi yalancıyım, sen mi? Dilime nağme çaldıran bu sesler nereden gelip nereye giderler?

Bir çuvala doldurup dünyaya fırlattığın ölüme karşı yürüyen şu nefessiz gövdemi, hangi bozkırın toprağına katacak, elinin çamuruyla benden ne işleyeceksin? Bundan sonra hangi kılıkta görücüye çıkaracaksın?

Dünya sahnesinde başka oyunlar, başka kılıklarla ölüme giderken bir kez daha çığlığımın dışında kalarak, çığlığımı bana nasıl yabancılaştıracaksın? Ölüme karşı koşar adım yürürken, biçare kalışlarıma, yanılsamalarıma bir kenardan kıs kıs güleceksin.

Neredeyse, bir annenin çocuğunun sevimli maskaralıklarına gülmesinin duygusunda, her düşme, kalkma da senin seyirliğin olacağım.

Ölümden sonra, dünyanın içine hangi suretinle salacaksın beni? Soytarı mı kral mı, ermiş mi köle mi, aslan mı karınca mı, bundan sonraki yaşamımda sırtıma hangi kıyafeti giydireceksin?

O tükenmeyen sesinle sahne gerisinde durup; dağlarını, ovalarını, göklerini, denizlerini bana nasıl konuşturacaksın?

Bundan sonra söyleteceğin yalanları bana nasıl yutturacaksın? Yeni yaşamımda beni hangi sembole bağlayıp, hangi Tanrı'ya kul edeceksin? Elinin oyuncağı olduğumun farkında olsam bile sana bir şey yazmıyor ki! Sana mahkûmluğum, sözcüklerimin yolunda devam edecek, bazen narsist, bazen hiçleşerek senin içinde oyalanacağım.

Sözcüklerimi sessizliğin içine ne kadar mahkûm edersem edeyim; sessizliğimin içindeki zihnime çiziktirdiğin fotoğrafiklerle uykusuzluğum, susuzluğum, açlığım, korkularım ve kaygılarımla beni konuşmak zorunda bırakıyorsun.

Daha olmazsa bir yolunu bulup türlü türlü kıyafetlerle rüyalarıma giriyorsun. Ne ölümü ne de dirimi rahat bırakıyorsun!

O nasıl bir rüya idi! Ölümümde bile beni yalnız bırakmayan, bana babamın tinerci, annemin soğuk yüzlü olduğunu söyleyen sen değil miydin? Bir yandan babamın öldüğünü söylerken diğer yandan yüzsüz bir sesi ardım sıra salan sen değil miydin?

Kimdi bu hayalet? Sanki dünyanın içine saldığın ben, bir hayalet değil miyim? Peşime saldığın bu hayaletin sesini duyamıyorum. Gözlerim de bir işe yaramıyor. O ahşap ev, eriyip nereye gider? İçinde inleyen kadının sesi ne kadar da annemin sesini andırıyordu.

Önce duyumlarımı benden aldın, şimdi ise üzerime saldığın, görmediklerimle erimeye başladım.

Bu hallerinle bir çocuk gibisin dünya! Hem inşa ediyor, hem de yıkıyorsun. Bu hallerinle ne yaparsan yap, benden kaçıp gizleneceğin bir yer yok. Çünkü sen neysen ben de oyum. Yazgımız seninle bir. Hangi eşikten adım atarsam atayım, sen benimlesin ben de seninle!

Dağların, ovaların, denizlerin, gökteki yıldızların neyse, ben de oyum. Seninle esip, seninle yağacak, yine seninle bilmediğimize doğru akacağım.

Yeni var oluşumuza; isim ve im yakıştırmadan, senden olan kıyafetimle ne bir ağacına bekçi olacağım, ne de akarsularını yolundan alıkoymadan, sularınla birlikte akacağım. Varlığımızı, var olandaki birliğimizi yeniden okuyup yazarken, yapı olsun diye taş taş üstüne koyarsam namert olayım!

Sonsuz göklerin içinde, varlığımızın yaşadığı evin mutfağında, kendini bilen bir elin dostluğunda; evimizin çokları olan uzak ve yakın akrabalarımızla, birini diğerinden ayrı okuyup yazmadan, dost düşman demeden, senin sesine karşılık gelen birliğinde hüznün sevincin şarkılarıyla, bir olanda söylenen o şarkılarla oluşu yaşamak...

Oluşun içindeki kadavranın erimekte olduğunu, eriyenlerimin elekten geçmeye başladığını seziyorum. Sanatçı ana Tanrıça, usta elleriyle yeni suretim için çamurunun içindeki beni yoğurmaya başladı...

Kim bilir, bundan sonraki halime hangi sureti verip, hangi kıyafeti gövdeme giydirecek. Olur ya; bir başka baharda dünyanın içine salınırsam, dünün masallarıyla yarını öngören yanılsamalarda olmayacağım.

Sözcüklerimin yalanlarından öte oluşun sesini dinleyerek, yazısı olduğum yerin göğün yazgısıyla birlik içinde, ne ölüm ne de yaşam. Hiç gibi...

Bu kadar kolay mı? İç bunaltısız, sorusuz, sualsiz yaşayan bir varın var mı? Yenilip yutulma tedirginliğimi, gövdemi, ruhumu acıtan olaylara nasıl tepki vereceğimi hâlâ bilmiyorum. Bu yenide acılarımla nasıl dost olabilirim? Seni, dünyayı nesneleştirmeden sığ düşüncelerin, bilgilerinin üzerinde uyuyakalmadan, rüzgâr gibi sınırsız, engelsiz esemeyeceksem salma beni ölümlerinin evine. Şu sınırlı bilgilerimle, senin gizemlerinin üzerini örtmeyeceğimden nasıl emin olabilirim?

Olduğun anın düşünce gebeliği, bana yarını nasıl tarif edeceksin? O ölüler diyarındaki eski hamamlarda, eski taslarda yunacaksam yeni düşüncen neye yarayacak, beni evirip çevirip ölüler evine fırlatma desem de!

Sanatçılığının trans halleri beni duymuyor. Elindeki çamurla, işlemekte olduğun çömleğin kaçıncı kuşağıyım?

Kararsız çocuklar gibisin, elindeki çamurla yapboz oynuyorsun. Ne kararsız hallerin var. Sen, dünya varlığının kararsız hallerinden sıkılmıyor musun? Canıma önce kanı kemiği veriyor, sonra geri alıyorsun. Yüzüme verdiğin kaçıncı şekil, yapıp bozmaktan sıkılmıyor musun?

Nedir senin bu hallerin? Hamurunun mayası mı eksik? Beni pişirdiğin fırınların, canımı yakan alevlerin az mı geldi?

İşliğinde, eli kolu birbirine dolanan, beceriksiz bir sanatçıyı andırıyorsun. İçine salacağın manzarada beni hangi kıyafetle söyleyeceksin? Yeni yaşamımda ağaç mı, ağacının dalında kuş mu, böcek mi, ateş mi, rüzgâr mı yoksa göklerinde yıldız mı olacağım? Karar verebildin mi? Bir sonraki yüzümle, manzaranın içinden sana nasıl gülümseyeceğim?

Bıktım senin beceriksiz ellerinden, bu kaçıncı tekrar, öldürüp öldürüp diriltmelerin yetmedi mi? Var mıyım, hiç miyim, ölü müyüm, diri miyim, bunu bana kim diyecek?

Eli çamurlu Ana Tanrıça, bu oluşunun hallerini bana kim diyecek? Bundan sonraki ölüme karşı yürüyüşümü hangi kılıkta seyretmemi buyuracaksın? Yeni yaşamımda bu yolu nasıl seyredeceğim?

Uçarak mı, yüzerek mi, gezerek mi, sürünerek mi? Ya da ağaç gibi olduğum yere çakılı vaziyette mi? Issız bir vadide, içime kurtlar düşerek epriyip dökülüp, sonra da karıncalara yem mi olacağım? Bir kez olsun, ne olur sor bana! Hangi kılıkta doğmak istiyorum?

Sanki Tanrıçalar Tanrıçası yıldızlarını doğururken sana sordu mu? "Dünya, hangi yıldız olmak istersin?" diye.

Ne çok soru soruyorum sana değil mi Ana Tanrıçam? Hangi soruyu sorarsam sorayım, yine de bildiğini yazıp okutuyorsun. Ne yaptığını fark etmeme rağmen sormaktan kendimi alamıyorum. Kendime sorduğum; "Ben neyim?" sorusunun karşılığını, "insanım," diye imlerken sana sordum mu?

Tuhaf olan bu değil mi? Oluşundan olan varlığımı, insanım diye imlemek yetmedi bana. Yerinin göğünün içindekiler gibi ben de verdiğin adları, adlarımızı kabullenmiş gözüküyoruz. İnsanlığım, kendine sorduğunu yine kendisine cevapladı. Her cevap, başka bir ad olup başımıza düştü. Sorulara verdiğim cevaplara isim vererek imlediğim çokları, oluştan ayrı imiş gibi okumalarım, evrenin, yaşamın büyüsünü bozacağımı hiç düşündürmedi bana.

Belki de büyük ayrılık, soru sormayla başladı. Onun için dünya bir yana, biz insanlar başka bir yana olduk.

Başımızın yarılması, ikiliğimizden oldu. Oysa hâlâ bilmiyorum, karanlık ve aydınlık nereden gelir nereye giderler? İçimde dolaşan meraklı at sineği durmadan dürtüyor, o dürttükçe, konuştukça ben de konuşuyorum. Soru sormaktan alıkoyamıyorum kendimi. Oluş, bildiğini okurken yaptığım bu konuşmalarla onu daha çok bozuyorum.

Konuştukça, yalanlarım yere göğe sığmaz oluyor. Sonra da kendi kendime söylediğim yalanlarıma ben de inanır oluyorum.

Yine ne kadar konuştum değil mi?

Galiba biraz susup şu oluşu, onu dinlemeliyim.

Ha ne dersiniz...

NİETZSCHE SUSTUĞUNDA

1. BÖLÜM

Bir avuç gökyüzü, bir zerre toprak hatta bir damla su yaratmadığın halde, kalkmış yere göğe karşı yasa yazmaya kalkıyorsun.

İnsanı, insanla karşı karşıya getiren bina temel tutar mı?

Karanlığın içinden konuşan yüzünü görmediğim bir insan rüyamda harfi harfine aynen böyle söylüyordu. Esrarengiz ses dursuz duraksız sözlerine devam ediyordu.

Evrensel yasanın, yani yaratılışın önünde saygıyla eğilmeyi bilmeden varlığı okuyup yazacağını sanıyorsun. Dünyasız yaşadığın bu boşlukta sesinin söylediği yalanlara nasıl inanıyorsun?

Varlığımdan varlığına akseden yazdıklarımı; kulakların görmeden, yere göğe hükmetmen insanlığın için ne büyük yanılgı.

İnsanlığın için dünyayı bir makine gibi tasarladın. Bu makinenin dişleri önce senden başladı, yarlıklarını öğütmeye. Bu ne, ne belalı başımdır ki; rüyalarım bile beni cezalandırıyor.

Bu ve benzer düşüncelerle yatar kalkarsam, rüyalar da gelir beni bulur. Al sana rüya ile gelen bir hayret daha...

Düşüncelerim yüzünden işimden kovulur, insanlığımın evinden sürgün olursam kim bilir başıma daha neler neler gelecek!

Çıplak gökyüzünün altındaki parklarda aç susuz, yarı uykulu yarı uyanık hallerim kim bilir bana daha ne kâbuslar yaşatacak?

Sen misin Allah'ın verdiği nebatlar; ne günahkâr ne de sevapkârdır, diye konuşan. Bunlarla da yetinmeyip ağzının fermuarını biraz daha açarak, nebatlarla insanın aynı zeminde birlikte var olduklarını söyleyen.

Bir zamanlar mesleğim olan imamlığımın varlığıma artı değer katmadığını, müftünün, köylünün, işçinin, işadamının, her birimizin aynı osuruklu varlıklar olduğumuzu, bir varlığın diğer bir varlıktan ne aşağı, ne yukarı, ne iyi ne de kötü olduklarını kimseye anlatamadım. Köylülere bu düşüncelerle vaaz vermem bardağı taşıran son damla oldu.

Köylülerin konuşmalarımı müftüye yetiştirmesi beni mesleğimden etmişti. Şu an çıplak göklerin altındaki kentin ıssız parmaklarında, aç, susuz, avare dolaşan bir sürgünüm. Rüyamda konuşan ses, içkin bir eda içinde, Heraklitos'un dediklerini anımsatırcasına konuşmasını şu sözlerle sürdürdü:

O; her şeyi ölçer biçer, düzenler, sonra yeniden siler süpürür, yakar. Yine bildiği gibi akar, yazıp çizdiklerim.

Benim bu halim, tuvaline resmettiği resimleri beğenmeyen ressamlara benzer. Bir de bakmışsın; yaptığım resimleri beğenmeyip başka bir resme yer açmak için silivermişim!

Sen şu halinle; tuvalimde duran, bakıştığımız bir resimsin. Tuvalimin içinde, mavi fon üzerine resmettiğim manzarada, diğer çoklarla birliktesin. Biriniz diğerinizden daha torpilli değil.

Diğerleri gibi senin de köklerin toprağın içindeki çimlerden geliyor. Uçan, yürüyen, sürüyen, duran her birinizin hamuru aynı çamurdan... Yazgınızı yaşayacaksınız. Hepinizin yazgısı, fırçamın ve sileceğimin ucunda duruyor. Ölüm ne ardınızdan ne de önünüzden koşuyor. Ölümü, onu içinize yazdım, sizinle birlikte yaşıyor.

İçinizdeki ölümden kaçıp, sığınacağınız bir yıldız yok. Olduğunuz andan uzağa bakarak ölümsüz bir yıldızı boşa arıyor gözleriniz. Aslını soracak olursanız ölümsüz bir yıldızım hiç olmadı. Gökteki yıldızları da, yerdeki çokları da oyalanmanız için çizdim. Her biriniz, tuvalimde yer alan süsten ibaretsiniz. Biraz sonra silinip gideceksiniz. Benim de bilmediğim, yüzünü görmediğim ses, kulağıma fısıldar gibi: "Sana bir şey daha diyeceğim, aslında ben de sizin aslınızdanım. Ben de, ben de ölümlüyüm. Sizleri yaza çize resmedip, silerek ölümden uzak, oyalanıyorum.

"Aslında hepimiz toprak ve ışık gibi bir hiçliğin kökleriyiz. Yazılanın yazısıyız, yazılanı yaşıyoruz. Ne uzak ne de yakın, ne gök ne de yer, ne doğan ne de batanız. Oradaki varız, bir anın içinden... Soluk alıp veren mutluluk da acı da bu anın içinde. Bizimle birlikte soluk alıp, bizimle bir yaşamakta..."

Ey, yolunu şaşırmış garip. Şey, diye yazıp çizdiğin nedir? Şey, sen, ben, biz, var, yok, hiç, insan, özne, nesne, yer, gök, ağaç, hayvan diye etiketleyip isimlendirdiğin şeyler nedir?

Sen evreni, babanın çiftliği mi sandın? Uzam, zaman, sonlu sonsuz diye nicel kodlamalarla, usunun cetveliyle evreni ölçmeye kalkışıyorsun! Evrenin başını sonunu, nereden gelip nereye gideceğini bilebildin mi, bildiysen bu bildiklerinle neyi ipliyorsun?

Hadi uzat ellerini göklerin içine, mavinin nesnesini ellerin tutabilecek mi? Senin varlığın, orada olan yüzün; bir bakış anı, bir damla sudur. Bu zerren; ölümden dirime, dirimden ölüme değişimdir. Bu yazılışın elimin eseri, istencin istencisin.

Sen istediğin için yazılmadın, yazılanın yazısısın! Bu yazıyı yaşıyorsun. Zihnin içindeki; ak, kara, mor, mavi kıyafetli hayaletlerinden güç aldığını sanıyorsun. Oysa bu hayaletler, geçip giden zaman gibi bir daha sana gelmeyecekler.

Zihnin, sezgilerini tutsak almış, gücünü kaybetmiş. Sesinin kökleri, sessizlikten uzaklaşmış. Sesine yazdığın sözcüklerin tutsağısın. Bir ölüyü andırıyor bu halin; kulakların, varlığımı göremiyorlar. Senin bu halin varlığı ne görebilir ne de duyabilir.

Dünün içinde kalan duyumların, varlığı duyamaz haldeler. Boşluğa salınmış garip bir cismi andırıyor insanlığının halleri. Bu halinin içi iyiye, dışı kötüye tutsak...

Gövden; iyinin, kötünün ortasında kalmış. İyinin, kötünün esirisin. Bir yanın iyiye, bir yanın kötüye çekiliyor. İkisi arasında aklınla mekik dokuyorsun.

Aklın ikiye bölünmüş; gözlerin, kulakların gri görünüşlere tutsak edilmiş, yiyip sindirebildiklerin iyi, yiyemediklerin kötü görünüyorlar sana.

Dünyayı midenle düşünürsen; taş ayrı, ot ayrı görünür sana. Dünyayı burçak sanan sığırlarla aynı yöne bakarsan; düşünceyle dünya, birbirinden ayrı görünür sana.

Elin, kolun, başın, gövdenden ayrı vaziyetteler mi? Canının içinden sürgün verdiği, köklerinin içinde olduğu toprağı görmüyor musun? Gözlerin kökleri toprakta olan, ağaç dediğin varlığı senden, seni de ondan nasıl ayırıyor?

Düşündüklerin ve gövden, boşluğun içindeymiş gibi görünüyor sana. Bu ne biçim gözdür? Sen, doluluğun içinde zerre olduğunu göremiyorsun hâlâ...

Zerrenle durduğun bu ara yerde, dünyaya hükmetmeye kalkışıyorsun. Varlığının içinde olduğu o koca şey; rüzgâr elleriyle, ateşle, kanla, buzla, ölümle, doğumla, çize yaza yine kendi bildiğine akıyor.

Ne biçim bir rüyadır bu, uykularımı bölen? Şu sıralar rüyalarımın rengi bile değişti! Aç karnımla gördüğüm rüyalarda kâğıt paralar içinde yüzerdim. Şimdi ise filozoflarla başım dertte! Yüzünü göstermeyen bu karanlık bilge, bana düpedüz: "Sen bir sığırsın, sığırın gözüyle dünyayı okuyup yazıyorsun," diyor.

Karanlığın içinden gelen ses: "Sen, dünyanın içindeki görünüşlere, her bir haleye, taş, toprak, su, ağaç, bulut, yıldırım, şimşek, çiçek, yürüyen, duran, uçan hallere her birini ayrı ayrı etiketleyip adlandırmışsın. Dünyayı, dünyaya unutturmuşsun. Dünya, insanlığınıza küsmüş vaziyette. Dünya sizden, insanlığınız dünyadan oluşmamışçasına konuşuyorsunuz onunla. Sizin için dünya; masa, sandalye, kapı, baca, fabrika, hava, cıva, su...

"Dünyanın bütün sakinlerini zor kullanarak ele geçirdiniz. Gülün, bülbülün kendisi için olmasına izin vermediniz. "Benim" diyerek zapt eylediğiniz dünya artık sizden değil. Evrensel yazıya, yazgınıza saygı ile eğilmediniz. Varlığınıza yazılanı inkâr ederek, karşı yazılar yazarak varlığa zor kullandınız. Misafiri olduğunuz dünyanın yatağına pislediniz. Dünyada size yatacak yer yok! Bu kış kıyamette yatağını bilmeyen misafirin vay haline!

"Karakteriniz, kaderiniz oldu. Kıyametiniz sizi boğacaktır! Seni, insanım dediğini; çiçekleri, kelebekleri, arıları, diğer çoklarla birlikte aynı kökten yazdım. Oyun bahçelerimde çocukça oyunlar oynayıp acıyı tatlıyı aynı kaptan içerek konup göçesiniz diye!

"Yaşam, oyun bahçelerinde çocukça bir oyundur. Gözlerinizi açıp kapayıncaya kadar zaman yazdım içinize. Oysa sen, içine yazdığım zamanı hor yaşadın. Aklının yazdığı zamana kandın, varlığı unuttun!

"Köklerinin içinde olduğu büyük varlığıma karşı duruşların oyun bahçelerimin yaşam büyüsünü bozdular.

"Kendi yazdıklarının sayesinde, ellerinle çaktığın kazıkların tutsağısın. Çocuklarım için yazdığım oyun bahçelerine çitler gerdin. Köklerinden uzak, gövdenin uyumakta olduğu sınır boyunda kanın çekilmekte, farkında değilsin. Aslında sen, seni bilmeyen varlığı unutmuşsun. Sesimi göremeyen bir ölüsün! Ben bir ölüyle konuşuyorum."

Yüzünü görmediğim karanlığın içindeki ses bunları söylemişti. İlginç olan işimden kovulup insanlığın duvarına çarpalı, başımın içine düşen şimşekler beni hayretler içinde sarsıyordu. Güvendiğim dağlar beni yurdundan kovalı, insanlığın ara sokaklarında endişeler içinde gezinen bir gezgindim. Gezginliğim, macera için değildi. Bu sürgün yerinde; kuşlar gibi konacak bir dal, yemek yiyeceğim bir aşhane, güven içinde uyuyabileceğim bir yatak yeri bulmanın peşindeyim. Varlığımın fırlatıldığı, ait olduğum dünyaya tutunmak için yana yakıla iş arıyordum kendime.

Eş, dost, arkadaş, akraba, tanıdık tanımadık birçok kapı çalmıştım. Bütün kapılar yüzüme kapatıldı. Bir boşluğun içinde savruluyordum, içine düştüğüm ya da düşürüldüğüm boşlukta. İçine doğduğum insanlığın kültürü ile hesaplaşır haldeydim. Zihnimdeki taşlar yerinden oynamıştı. Gündüz uyanıkken düşlerim, geceleri parklarda uyurken rüyalarım, benzer zihinsel sürüşler içinde seyrediyordu.

Aşk, sevgi, nefret, iyi, kötü, inanç, inançsızlık gibi kavramlar yeni zihin süreçlerimde sorgulanır olmuşlardı. İnsanlık uygarlığının ara sokaklarında yürüyüp gezindiğim yollar benim için tükenmişti.

Kaos halinde karaya vurmuş balık gibiydim. Derin sulara yüzmek için solungaçlarını arayan balığı andırıyordu hallerim.

Düşmeyen, düşmeyi nasıl bilebilirdi? Düştüğüm ya da düşürüldüğüm bu düşkünler mağarasında tutunacağım bir el yeri arıyordum, varlığıma. Endişeler içinde dolaştığım bu kentte korkularımın nesnesi insanlardı. İnsanlardan korkuyordum. Yüzüm ya da sırtım insanlara dönükse endişeleniyordum.

Kendisinin avı, avcısı olmuş insanlık beni endişelendiriyordu. Hangisinin katil, hangisinin kurban olduğu belirsiz... Öldürmeyi öğrenmiş insandan korkularım yersiz değildi. Varlığımın adının insan olması... Bana verilen, insan dedikleri adımı sorguluyordum. Varlığın adının eyleminde olması hakikati bir kez daha doğrulanıyordu, **Herakleitos**'un bu düşüncelerinde...

İnsan varlığı, adı eyleminden anılacak olursa; insan, katil ya da kurban olarak adlandırılabilirdi. Varlığımın yaban olduğu bu yaban ellerde boşluğa savrulmuş, adsız bir cisimdim. İçinde bulunduğum topluma beni bağlayan bütün bağlarım kırılmıştı. Bu hallerim çiçeğinden fırlamış polenin toplum boşluğunda bir o yana bir bu yana savrulmasıydı.

Bu dirliksiz birlikte insanlığımla ne kelam ne de söz birliğim kalmıştı... Yere yer, göğe gök, ırmağa ırmak diyesim gelmiyordu. Parklarda, ormanlarda duldasına sığındığım bir ağacın ön yargısızlığına imrenerek, ağaca ağaç demeye utanır olmuştum.

Varlığımın ait olduğu bu dünyada dağa taşa, ağaca sığınabilirken, canımın gövdesinden sürdüğü insanlığa sırtımı dönememem ne garipti.

Ah canım annem, babam! Gövdenizden süngü veren çocuğunuz ne hallerde, varlığınızın eriştiği logosla şu düştüğüm halleri duyuyor, görüyor musunuz? Çocukluk günlerinde annemin hazırladığı sabah kahvaltılarını, çayın kokusunu, annemin babamın sıcaklığını ne çok özledim. Ah! Geçip giden, bir daha dönemediğim çocukluğum! Çocukluk günlerimi ne çok özledim!

Ah canım annem, canım babam! Beni doğurup miras bıraktığınız insanlık evinde bu başıma neler geldi bir bilseniz. Bir fideyi sarar gibi sardığınız; büyütüp, besleyip eğittiğiniz dünyadaki hatıranız, oğlunuz, insanlık evinden bir safra taşı gibi, darp edilerek sökülüp atıldı.

Dilini, kültürünü ilk sizden öğrendiğim insanlığın okullarında eğe büke, evire çevire zihnime içirilen bilgiler artık işime yaramıyor.

Bana; sen, insansın diyerek, zihnime yedirilip içirilen retorik hayaletlerle yaşamıma tutunamıyorum.

Bir kez olsun çocukluğuma dönebilsem; yarın mutlu olacağım, diye bana içirilen bu yalanların hiçbirisini yutmayacağım.

Bilgi diye öğretilen iyi, kötü, çoğu boş inanları önce size içirdiler. Siz de bana, çocuğunuza içirdiniz bunca zehri. Ne ben ne de siz içine ekildiğimiz bu yaban otlarını bildik.

Dünyanın dağlarından, yıldızlarından uzak bu mağarada gölgelerimizle oyalanarak eyleştik. Sevgili annem babam, buharlaşarak o bilmediğim ölüme gittiniz gideli, içine canlıların tıkıldığı tabutluklardayım. Üstelik iyisine karşılık gelen düşüncelerim kötülükle suçlanarak aforoz edildim. Şu an İstanbul sokaklarında aç, susuz, uykusuz, yolunu kayıp etmişim, yaban hallerdeyim.

2. BÖLÜM

Gece bastırınca yakılan kent ışıkları endişelerimi bastırmaya yetmiyordu. Güneş doğunca, aydınlık sayesinde biraz olsun rahatlıyorum. Bu geceyi de yarı uykulu, yarı uyanık geçirdim. Polisle başım derde girmeden, nezarethanesiz, sokak serserilerinin saldırılarına uğramadan uğurladığım nadir gecelerdendi.

Yurtları insanlarca zapt edilmiş kedi ve köpeklerin çöplükteki sofralarını paylaştım. Çöpte bulduğum ekmek parçasını kendimi zorlayarak yuttum. Yediğim ekmekleri midemde tutmak, kusmamak için kendime bin türlü yalanlar uydurdum. Midemi bu terapilerle uyutup ekmeği midemde tutarak kusmamı engelledim.

Susuzluğu mu? Sabah sağlık koşusuna çıkmış, iri göbekli bir bayın ağacın duldasına bıraktığı pet şişenin dibinde kalmış suyla gidermeye çalışmıştım.

İnsan toplumunun kültürel yazılımında, piramidinin ucuna yazılı görünen erkeğin kadına göre egemen konumda olduğu görülür.

Ben yazılanın tersine erkek halimle düşürüldüğüm zavallı durumumdan kendimi kurtaramıyorum. Ya yüz üstü bırakıp kaçmak zorunda kaldığım sevdiğim kadın? Zeynep öldü mü yaşıyor mu? Hâlâ Zeynep'imden bir haber alabilmiş değilim. Bu durum da başka türlü yaralar beni. Haber ağlarım çökmüş vaziyette. Sibernetik bana çalışmıyor.

Ya, işte böyle Zeynep'im! Sen benim için Şirin oldun. Ya ben Zeynep'im? Aşka yürümek için Ferhat olamadım. Sözün gerçeği; ben bu aşkın Ferhat'ı olamadım. Niye mi? Öldürülmek korkusu, köylülerin sopasından korkup kaçtım. Sana sözünü verdiğim aşkımızın randevusuna gelemedim.

Korku ve ölüm, somutunu bilmediğim endişemin iki kavramı. Bu iki soyutum sana gelmeme engel oldular. Amasya dağlarının sert kayaları Ferhat'ın aşkına yürümesine engel olamadılar. Ferhat aşkının alevleriyle, kollarından alevler saçarak elindeki gürzüyle dağları delip Şirin'ine erişti. Ya ben Zeynep'im! Korku ve ölüm soyutuna inanıp sana gelemedim. Dilimden havaya düşüp dağılan rengini bilmediğim sesimden korkup buralara kaçtım. Yaşamadığım bu ölüm imasından nasıl korktuğumu hâlâ bilmiyorum.

Ya korku, bu soyutun varlıktaki karşılığı nedir? Bedenim, titreyerek kasılmasına neden olan o duyguların adını, korku diye imlense de ben, korkuyu nasıl ve nerede öğrendiğimi hâlâ bilmiyorum.

Ya günahsız olduklarını bilip cennete gideceklerinden emin olsalar bile yaşamadıkları ölüm denilen bilinmeze ayak direyenlere ne demeli? Ben, mesleğim gereği, cennete gidecek yolu Tanrının günahkâr ya da günahsız kullarına defalarca vaaz ettim.

Nedense bir kendimi inandıramadım, sonsuzluktaki ölümsüzlüğe. İnsan, varlığının içinde taşıdığı ölümden kaçarak, elinin inşa ettiği taştan demirden uygarlığına sığınarak, varlığının içinde yazılı ölümden, yazgısından kurtulabilir mi?

Korku ve ölüm kavramının ürküttüğü insanın kaçıp sığınabileceği bir ölümsüzlük var mı? Peki, ben bu bilmediğim kapısız karanlıklardan nereye kaçacağım?

Ölüm ve korku... Dilimden kurşun gibi fırlayan, havada titreşip dağılan bu sözlerimin hakikati nedir? Ölüm nedir? Sözcüklerin bana öğrettiği, güneşin doğup battığı doğru mu? Güneşin doğup battığını, ölümü, korkuyu bu kavramları nasıl yemişim?

Zihnimin içindeki hayaletlerden nasıl kurtulacağım? Yürüyüp geçtiğim dün, bir daha geri gelmeyecek. Mazi, şu anımı nasıl yönetiyor? Bu yanılsamalar; ölüm, korku, yukarı aşağı, sağım solum, doğu batı, bunların hepsi yalan, yalanda bir yalan!

Ne yukarı,

Ne aşağı,

Ne doğu,

Ne batı,

Ne sağım,

Ne solum.

Bunca yalanı nasıl içmişim? Uzam zaman sonlu sonsuz, fizik metafizik, var yok, hiç; bu mitleri şu çaresiz gövdeme yurt olsunlar diye mi çiziktirmişim.

Dünyaya saçılı gövdem, karanlık kapılardan gelerek insanın yurtsuzluğunda savrulmuş. Toprağın her bir canıyla varlığın varı olduğum bu birlikte; kuşlarla, ağaçlarla, çiçeklerle aynı manzarayı paylaşan insanlığımın başlangıcı mı, sonu mu nasıl bileyim? Ben bu düşünceler içinde, acılarımın içinde dirilişi anarken köylü kızı Zeynep'im kim bilir hangi sancılar içinde kıvranıyordur.

Zeynep'im; sen ve ben birlik olup aşkı çaldık diye sürgün yedik. Ben sürgünlüğün cezasını; İstanbul sokaklarında aç susuz, yurtsuz kalarak ödemekteyim. Ya sen Zeynep'im, başını kuşlar gibi yaslayıp da uyuduğun yuvan var mı?

Susuzluğunu hangi çeşmeler doyuruyor? Açlığını aracısız doyurabildiğin dünyalığının kileri var mı? Ölü müsün diri misin Zeynep'im? Benim gibi boğazlanmamak için hangi bataklığa sığındın?

Zeynep'im hâlâ yaşıyorsa, aşk ağacında meyvesine gebedir. Yavrumuz ha doğdu ha doğacak. Zamanı içinde olmalı. Doğacak yavrumuzu kucağımda taşıyamayan yüreksizliğime yanarım.

Kentin ulu orta yerinde aklımla düşüncelerim meydan savaşına tutuşmuşlardı. İki savaşçının arasında kalan gövdem lime lime, gövdemin üzerinde tepinenlerden canım yanmış olacak ki gözyaşlarım ıssızlığından boşanmış akıyor.

Düşüncelerim aklıma meydan okuyarak soruyordu. Güneş, evrenin karanlığına nereden fırlatıldığını bilir mi? Sen zavallı akıl, güneşin hâlâ doğup battığını sanıyorsun! Karanlığın ve ışığın bir ve tek olduğunu düşünemiyorsun. Aklının uzmanlığına tutunmayı marifet sanıyorsun. Dünyanın dışında gezinen aklın sana dünyayı unutturmuş. Düşmekte olduğun bu boşlukta gövdenin tutunacağı bir dal var mı?

Aklımın, düşünceye yanıtı; ben bu gövdeye lokomotif olup kaçırmasaydım, köylüler bu gövdeyi parçalayıp toprağın altına sererlerdi. Sen bu gövdeyle taşkınlığa dalarsan, onu kuşa kurda yem edersin. Başımı rahat bırakırsan mantığım doğru yolu tutacaktır.

Sen hâlâ bu düşüncelerinle güneş nereden gelip nereye gider diye soruyor, gövdenin susuzluğunu oyalıyorsun. Ne olacak Zeynep olmasa? Dünya kadınsız mı kalacak? İlla da Zeynep benim yazgım, diye diretirsen bu gövdeyi başsız bırakacağın gün yakındır.

Senin aşkın, hallerin değil miydi töreleri çiğneyip geçen? Bu canı aşsız, işsiz bırakarak kentin sokaklarına sürgün ettiğin yetmedi mi?

Şimdi ulu düşünmelerinle, bu gövdeye başını koyup uyuyabileceği bir yer bulabilecek misin? Salt aklım ve güdülerim arasındaki bu savaş varlığımı kırıp döküyordu. Kapısız karanlıklardan fırlayıp gelen varlığımın başına gelenler... Daha çocukluğum dünyaya gelir gelmez bu varlığıma "Can," diye ad vermişler. Daha “Can” dedikleri adıma alışmadan bir de “sen” insansız eki konulmuş.

Mantığın bu indirgemelerini, çocukluğum sorusuz sualsiz; adım “Can,” ben bir insanım, diye bana yapıştırılan isim etiketlerimi kabullenmişim. Çocukluğumun içinden çevrilen enginliğe vardığımda ise içine doğduğum toplumun bana öğrettiklerini kabullenmiştim. Dilin konuştuğu cinsiyetim, kimliğim, ulusum, dinim, iyiyi kötüyü, nicelleri nitelleri, soyutları somutları, akı karayı, ölümü yaşamı, cesareti korkuyu nasıl öğrendim?

Olduğum coğrafyanın karasında, denizlerinde, göklerinde, uçanı kaçanı, yüzeni duranı, görünüşün içinden görüşüme gelenleri etimin içine yutarcasına içmişim. Zihnimin derin kuyuları, adların sanların hayaletlerinden geçilmiyor. Bu halim dünyayı başımın içinde gezdiriyor. İçine doğduğum insanlık, varlığa ait bu çokların adsız sansız kalmasına, kendileri için olmasına tahammül edememiş.

Dağlara, taşlara, sulara saldırıp hükümdar olmuşuz. Yerin göğün içindekine ad vermekle yetinilmemiş, yer gök lime lime edilmiş. İçinden koparılan her parça demir, cevher, bakır, altın, kalay, taş, zümrüt, uranyum, yakut anlamlandırılıp adlandırılmışlar.

Düşüncem aklıma soruyor şimdi; ben bu parçaların adlarıyla mı varlığı algılıyorum? Olduğum bu parkta, karşımda duran ağacın adıyla mı varlığını algılıyorum? Bu ağaç çiçeklerini benim için mi açmış? Bu görünüşü içindeki ağaç mı benimle konuşuyor, ben mi ağaçla konuşuyorum?

Ey ağaç, sen oraya mı ekilisin? Yoksa zihnimin içinde misin? Adının ağaç olduğunu nereden biliyorum? Ağaçla yüz yüze bunları konuşuyorum.

Bir süre sonra ağaca arkamı dönüp yürürken ağacın hayaleti hâlâ zihnimin içinde, benimle birlikte. Ağacın orada kalışından emin ayrılıyorum. Düşüncelerim aklıma soruyor; aklımsa uzağa bakmaktan gözlerimi yoruyor. Sen varlığımı uzaklarla oyalarken olduğum şimdiyi unutuyorum. Gözlerimin içinde gezindiği o uzaklar nedir? Aklım hâlâ yürüyüp geldiğim yollara takılı, oradan uzaklara bakarak kendime mutluluk ve özgürlük arıyorum.

Aklımın düğümlendiği bu zaman dilimi bana, içimde yazılı zamanı unutturmuş. Zamanı uzaklarda, dışımda aranırken varlığı unutmuşum. Açlığım susuzluğum bana varlığımı hatırlatmasalar, dünyadaki bu oluşumu unutacağım.

Bir de varlığımın eyleminden uzak adımın, insan diye kabullenişime şaşarım. Bu gövdeme yakıştırılan adlar soy, sop, boy, ırk, din, dil ideoloji ben insanım dediğin bu varlığım, başımın içindeki bu soyutlar mı? Nasıl algılıyorum? Üşüdüğümü, yandığımı, susadığımı kim, nasıl söyletiyor? Etimin kanımın dışında sandığım ruh, aşk, sevgi, nefret; ne çok şey doldurulmuş bu zavallı başımın içine. Varlığım, bu bendeki can; acıyı tatlıyı ayrı ayrı kaplardan, başka başka gövdelerle mi içiyor?

Varlığımın içinden gelen yazılı ölümü, yaşamı birini diğerinden ayırmalı. Bunları nasıl öğrendim?

Ah zavallı başıma gelenler! Doğumu ölümü içimdeki zamanı sen yazmışçasına, ne çok yük yüklemişim sana. Oldu olacak bir de; evreni insan yarattı, dersen oldubittilerin tamam olur. "Ya sonrası," diyecek olursan, yan gelir yatarsın.

Bu durumda seni, şimdiye kadar kuşkuyla izleyen düşüncelerimi terk edip, bir boşluğun içinde durur; gıptayla senin, aklımın seyrine dalarım.

Ah bu zavallı başımın gövdeme ettikleri! Kaostan gövdemi kurtarmak için başka kaoslara düşmüş hallerim. Hangi dilin sözcükleriyle bu yıkılmış dökülmüş insanlığımı onaracağım?

Bunca kimliğin idesinden hangisine tutunacağım? Şaşırmış haldeyim. Hangi toprak benim bu sözcüklerime yurt olabilir?

Yaşamım için tutunduğum kemeri, mesleğimi elimden aldılar. İşsiz güçsüzüm. Şimdi ben kime vaaz verip, karşılığında maaş alabilirim? Bu haller içinde kelamlarımı kim dinler? Sözümün para etmediği insan evinde susuzluğumu hangi ırmak, açlığımı hangi ova karşılayabilir? Sözden öte varlığımda olanları unuttum. Bu düşündüklerimi bana düşündüren nedir?

Evreni kuşatan bilinmezliği bilmiş olsam, içine düştüğüm bu kaostan kurtulacak mıyım? Düşündüklerim yani varlığın, bölünemez birliğinde bir dinginliğe eriştiremiyorsa, bu düştüğüm yerde varlığıma kol kanat olamayan, boş düşünmeleri neyleyim? Varlıkta karşılığı olmayan bu kavramlarla kendimi kaşıya kaşıya uyuz oldum.

Varlığıma kılavuzluk etmeyen düşüncelerim nasıl varlığa ait olabilirler? **Parmenides'in** baktığı ufuktan gördüğü varlığın doluluk hali neydi? Ya da varlığın üstünde olduğu var sayılan, ele gelip algılanamayan o soyut ayaksız düşünce nedir?

Olduğum manzarada ayaklarım toprağa basarak, başımın gözleri göklerin içinde gezinerek kulağıma değen sesler, burnumun içtiği kokular, açlığım susuzluğum varlığıma yazılmasaydı, bu garip başım neyi düşünür, neyi eylerdi? Olduğum dünyanın gövdemsiz, başımsız neyi düşünür neyi algılayabilirim?

Sazın sesi, teli varlığında olmasa ıssızlıktaki elsiz, kansız, başsız ölüm ne çalar ne söyleyebilirdi? Yersiz göksüz, arısız, bülbülsüz gül, hangi sonsuzluğa erişebilir? Bilinmezliğin köklerini besleyen toprak ve ışık olmasam saf aklım neyi düşünebilir? İyi ile kötüyü ölçenim nedir? Yararı zararla ölçmeyi nasıl öğrendim?

Varlığımı var olandan ayırarak nasıl düşünebilirim? Varlıkla düşünme arasındaki bu uçurum nasıl oluştu? İçine düştüğüm bu dünyasız boşlukta varlıkla aramdaki özsel bağı nasıl kuracağım? Deryanın içinde olup bunca susuz kalışıma hayret ediyorum. İnsan seli içinde gezinen yalnızlığıma, endişelerime ben, benimle konuşarak çare arıyorum.

Bu halimle konuşmayı yeni keşfetmiş çocuk gibiyim. Ebeveynlerimin benden sakladığı dünyayı arıyorum.

Bu sözcüklerle rüyada gibiyim, kendi kendime sayıklıyor, kavga ediyorum. Sanki tüm bu olup bitenlerin, başıma gelenlerin tek faili benmişçesine kendi kendime işkence ediyorum. Bu sözlerimle ne alıp ne satıyorum belli değil. Sözcüklerimi karşılayan görünenler ya da görünmezlerle nasıl bir oyun içindeyim?

Varlığım, insanlığın toplumunda boşluğa düşürülüşüm, sesimin sözleri, ağaçsız dalsız, tutunamayan halim nedir? Neden bu varlığımı duyurmak için sözcüklere ihtiyaç duyarım? Keşke bir ağaç ya da taş olarak doğsaydım. Belki de bu endişelerimin hiçbirisi olmazdı. Varlığımı sözlerle allayıp pullayarak dünyanın geri kalanına duyuracak kelimelere ihtiyaç duymazdım.

Ağaçların, taşların kendilerinden emin görünen sessizliklerine imreniyorum. Keşke dünyanın içine ağaç olarak doğsaydım. Köklerimi toprağa derince salar, dallarım göğün içinde, salınıp gezerdim.

Ah! O rüzgârla, kuşlarla, arılarla, kelebeklerle birlik olup şarkılar söylemek kim bilir ne hoş olurdu. Kışları kardan gömleğimi giyinip derin uykulara dalardım. Baharları çiçekler açar, şarkılar söyleyerek bağ bozumlarındaki aşklara yürürdüm. Ağaçların ve kuşların oluştaki hallerini kıskanıyorum. Şimdinin içindeki bu geçmişi, geleceğe canının içinde, heybesiz taşımak zor mu?

Bana bir daha geri gelmeyecek dünün başıma sardığı belalardan nasıl kurtulurum? Dünün ve yarının ipiyle sırtıma sarılı, kaygılı yüklerden belim kırılacak haldeyim.

3. BÖLÜM

Güneş iyice yükselerek ışıklarıyla İstanbul'u kucaklayıp içine almıştı. Güneş bu temmuz sıcağıyla ortalığı kavuruyordu. Parkın ağaçlarından dökülen dallar kuruyarak eprimekteydi. Parkın ağaçları, çiçekleri, otları solgun bakışlarıyla gözlerimi acıtıyorlardı.

Bu ara belediyenin su tankeri parka yanaşmıştı. Bir işçi elindeki hortumla gelişi güzel parkı suluyordu. Parkın yürüyüş yollarında göllenen suya serçeler üşüşmüştü. Serçeler sevinç içinde güle oynaya su ziyafetini ağaçlarla, çiçeklerle paylaşıyordu. Aynı anda serçelerle birlikte davranmaya karar verdim. Parkı sulayan işçinin yanına varıp; "bende su içebilir miyim?" diye sordum.

Park görevlisi: "Bu su kuyu suyudur mikrop barındırır, sakın içme!" dedi.

Görevlinin uyarısına karşılık: "Bari başımı yıkasam," dedim.

Görevli: "Benim için hava hoş, sen bilirsin," dedi.

Üzerimdeki parkayı çıkardım. Başımı hortumun altına dayadım. Su soğuktu; soluk soluğa başımı yıkıyordum. İşçinin muzipliği tutmuş olmalı, ben suya başımı teslim etmiş vaziyetteyken hortumu ensemden aşağıya tuttu. Kıçım başım sular içinde kalmıştı.

İşçinin muzipliğine ben de güldüm, birlikte kahkahayı bastık. Bu arada susuzluğum sözümü duymamış olacak ki; işçinin mikropludur içilmez dediği sudan içmek zorunda kaldım. İşçi: "Sen iyice kirlenmişsin. Seni ancak hamam temizler. Ne bu saç, sakal? Kılın içinde boğulacaksın. Önce bir berbere sonra da hamama git, pırıl pırıl olursun. Ne bu halin? Genç adamsın! Şimdiki gençleri anlayamıyorum. Bu yaşta insan kendisini böyle sala serpe bırakır mı?"

İşçinin söylediklerini duymazdan geliyor, yanıt vermiyordum. İşçinin iyiliğine teşekkür ederek yere bıraktığım parkamla üstümü başımı sildim. Serçeler hâlâ etrafa göllenen sularda oynaşıyordu. O ara küçük bir serçe ölüsüne basmaktan son anda kurtardım kendimi.

Hafif esen yel serçenin kanatlarını, tüylerini sallıyordu. İçimden: "Serçe açlıktan susuzluktan ölmüş olmalı," diye düşündüm. Serçenin ölümü beni nesnesini bilmediğim bir korkuya saldı.

"Ben de bu serçe gibi açlıktan susuzluktan kuruyup gitmesem iyi."

Düşüncelerim beni ürkütüyordu. Tüylerim diken diken olmuştu. Hemen kentin içine dalıp kendime bir iş bulmalıydım. Bulaşıkçılık, amelelik... Elim kolum sağlam bir şeyler yapmalıyım. Yoksa serçenin vardığı sona varacağım.

Biraz zayıflamış olsam da iskeletim hâlâ aslan gibi. Yersiz yurtsuz, bakımsız familyasından kovulmuş zavallı erkek aslan. Aslım Afrika'dan Asya'ya göçerken kuyruğumu Afrika'da unutmasaydım yürüyüşümün bir dengesi olurdu. Düşüncem ironime gülümseyerek; aslana bak aslana, yelesi yolunmuş, dediğini duyumsuyorum. Yürümeyi unutmuş insanlığım, eprimiş kıyafetler içindeki zavallı etimle hangi kasabın vitrinini süsleyebilirim? Kim beni bu haller içindeyken işe alır? Karamsar düşüncelerimi sesli dillendirmiştim.

İstanbul'un denize açılan penceresi Zeytinburnu sahilindeydim. Kentin karşı yakasında, denizin oynaşarak parlayan ışıklarını gözlerim kamaşıncaya kadar seyrettim. Aynasına baktığım deniz, içine salınmış ışıklarıyla beni uyarıyordu. Gözlerimi kapattım. Denizden gelen serin soluğu doya doya içime çektim, kendime gelinceye dek. Artık gidip bir şeyler yapmalıydı. Parkamı giyip ağacın altına bıraktığım çantamı sırtıma aldım. Çantam dediysem, içinde birkaç şey vardı. İmamlık yaptığım köyden alelacele canımı kaçırırken içini tıka basa doldurduğum çantamın yükünün yerinde yeller esiyordu.

Anne babadan hatıra kalan birkaç değerli takıyı, Zeynep'ime alıp da veremediğim nişan takıları, para edebilecek kıyafetlerimi satmak zorunda kalmıştım. Çantamın içinde kalanlar; kalem, defter, birkaç kitap ve satamadığım dört parça iç çamaşırımdı. Bütün dünyalıklarım bu birkaç parçadan ibaretti.

Denizin karşı yakasında duran kentin içine doğru yürümeye başladım. Kentin üzerini örten kiremitlerin baskın rengi onu çöl kıyafeti içinde gösteriyordu. Tabutlukları andıran binalar içinde kendi ölümümü seyrediyordum.

Biraz önce ayağımın yanı başında duran ölü serçeyi kendi ölümün yanına koydum. Bir kendi ölüme bir de serçenin ölüsüne baktım. Acınacak haldeki ölümümüze zamanın içinden dokunarak, bu erken ölümlerin Azrail'i kim olabilir? Bunları düşünürken başım zonkluyor, kulaklarım çınlıyordu. Dilimin ucu kurumuş yutkunamıyordum.

İstanbul dedikleri bu yer, Trakya ovasının derinlikleri, bir yanı Marmara denizi diğer yanı Karadeniz, bir zamanlar onlarca ırmağın çağlayıp içine aktığı bol göllü, birçok deltalı sular, başını alıp da nerelere gitti? İnsanın zor kullanarak ele geçirdiği bu yer bana ve serçeye ancak bir mezar yeri olabilirdi.

Varının zor kullanarak zapt ettiği bu toprağın canları göçebeliğini unutmuş. Dünya, insan elinin bu zorunu nasıl aşacak?

Serçe ve benim ölümüm yan yana, birlikte ölmüşüz. Bu şehirdeki ölümümü sırtımda nasıl taşıyacağım? Yarı ölü halim, koca kentin hangi sığınağına konuk olabilir? Bu kılık kıyafetlerim içindeki beni, hangi eski dost kabul eder? Tanıdık tanımadık kimin kapısını çalıp, hangi işi isteyebilirim? Bu görüntü içinde, benim vaazlarımı kim dinler? Bunları düşünürken yürüyüp uzaklaştığımı, acili taşıyan ambulansın acı sireniyle fark ediyordum. Ambulansın içinde taşınarak ölümünden kaçırılmak istenen insan bu yaranın içine nasıl düşürüldü? Bu yaralının faili kimdir, nedir?

Ölümünden kaçırılan bu insan, serçenin akıbetinden daha uzağa gidebilecek mi? Bunları düşünerek yaya köprüsünden karşıya geçiyordum. Köprünün altından geçen tren, rayları titreterek yılan gibi kıvrılıyor, yeni kapıya doğru uzaklaşıyordu. Köprünün karşısında bir büfeci, müşterisine et döneri kesiyordu. Bir diğer müşteri elindeki dürümü dişliyor, üzerine portakal suyu içiyordu. Görünüş ağzımı sulandırdı, yutkunmak istedim, yutkunamadım. Başımı büfeyi dolduran yiyecek içecek şeylerden çevirip yürüdüm. Olduğum yer; Bakırköy Özgürlük Meydanı'ydı...

4. BÖLÜM

Meydandan aşağıya, deniz sahiline doğru sarkarak yürüyordum. Meydanı, yolları, yaya kaldırımları, otobüs, dolmuş durakları, mağaza önleri, içleri, lokantalar, büfeler, bankalar, cafeler, barlar, publar her yer hınca hınç insan kaynıyordu.

Bay bayan, yaşlı, genç, çocuk her biri; eli yüzü, kanı canı, eti kemiği ile benzerimdi. Bense bu insan toplumunun içinde hangi kalemden atıldığı bilinmeyen, silik görünüşlü bir noktaydım. Kökünden koparılmış bir ağacın taşkın sellerle sürüklenmesi gibi, eğile büküle sürükleniyordum. Her birimiz dünyanın birer varı ve dünyanın zamanını içimizde taşıyan bir bakış anıydık, her birimizin varlığına yazılı zamanlarla dünyadan gelip dünyaya akıyorduk.

Aynı yazgı benzerliğimiz yüzünden bu bakış anı içindeki rastlantıyı paylaşıyorduk. O ara bir bayanın elinde tuttuğu cep telefonu ilâhi melodiyle aralıksız çalmaya başladı. Tesettür kıyafetleri içindeki bayan telefonun ekranına baktı, baktı. Telefonunu açıp arayanla konuşmadı. Aynı anda bankta oturan mini etekli bayan bacak bacak üzerine atmış, etrafına umarsız vaziyette cep telefonuna gelen mesajı okuyordu.

Bir bay kulağında tuttuğu cep telefonunda bağıra çağıra: "Ulan seni var ya seni, seni yatağındaki karınla birlikte kaldırmayan Dilaver'in taaaa anasını... Senin karını gözlerinin önünde düzmezsem bana da Dilaver demesinler. Ya o parayı yarın verirsin ya da yarından sonra olacakları şimdiden düşünmeye başla."

Var gücüyle bağırarak: "Kes, diyorum. Lan sana, sen daha

bana laga luga mı?" diğer eliyle de önüne gelenleri ite kalka oradan uzaklaşıyordu. Kentin insan seli içindeki bu bayın korkunç sesiyle bir an olduğum yerde donakalıyorum.

Varlığımın içine fırlatıldığı dünyanın içinde, benzerim olan insanlardan hangisi katil, hangisi kurban diye endişeleniyordum. İnsanlardan duyduklarım, endişelerim... Pek de haksız yere değildi.

Kentin kıyısındaki orman içlerinde sabahladığım geceler, bay ve bayan çığlıklarına tanık olmuştum. Ertesi gün, üçüncü sayfa cinayet haberleri kulaklarımın tanıklığını onaylıyordu. Kimliksiz bulunup götürüldüğüm karakollarda sabahladığım gecelerde, falakadan geçirilen insan çığlıklarına kulaklarım az mı tanıklık etti?

Görüp, tanığı olduğum dehşet manzaralarından sonra varlığımın adının insan oluşundan, adımdan bile endişeleniyordum. Bu toplumun içinde köksüz, yabani bir ot gibi bir o yana bir bu yana savruluyordum. Beni horlayan, acıyan bakışlara yüzümü eğmek zorunda kalıyordum. Bir yerlerim açıktaymışçasına beni süzen bakışlardan utanıyor, sıkılıyordum. Acıyan, tiksinen, horlayan bakışlarla izlendiğim duygusu beni eziyordu.

Varlığımın yaban gezdiği bu kentte aç susuz, çaresiz kalmasaydım pazaryeri kalabalıklarının içinde saniye durmazdım.

Yaşamımın fırlatıldığı bu yerde, içinde gezindiğim manzarada bakışıma gelen her şey kavrama dönüyor. Bunları konuşmak için sözcüklere ihtiyaç duyuyorum. Kendimi teselli etmek için sözcüklerim olmasaydı, kentin kalabalığı içinde yalnızlıktan çıldırırdım.

Yaşamım hakikatten uzakta, sözcüklerimle oyalanıyorum. Yaşamım bu kavramlara neden ihtiyaç duyar? Yaşamımın bu sözcüklere ihtiyacı var mı?

Ya yer gök olmasaydı, sözcükler kimi, neyi konuşacaklardı? Konuşan kim, konuşulan kim? Sözcüklerden önce ses olmasaydı, sesten önce sessizlik, sözcükler kime, neye yaslanırdı?

Ah sözcüklerimin oyuncağı biçare dilim, seninle aklanır seninle karalanırım. Seninle sevdama şiirler mırıldanır, seninle derdime derman arayıp, seninle tarihler, bilimler konuşurum. Şu an kendime olduğu gibi bu biçare dilimle nicelerine daha neler neler, ne yalanlar uydurdum. Zavallı dilim nedir senin benden, benim senden çektiklerim? Sözcüklerle kaybolduğum dünyadaki beni ararken sanki bu dünya alt dudağımla üst dudağım arasındaki dilimde ikamet ediyormuşçasına dilimin bana dediklerine inanarak yaşıyorum.

Dilimin bana dediklerini bir de zavallı mantığıma danışıyorum. Bu sürgün halim ne olacak diye? Mantığım ruhsuz bir yüz ifadesiyle, solgun bir sesle: "Bu zavallı can için acele bir iş, gövdeni yaslayıp uyuman için dilinin dediklerini kulakların duymadı mı? Mantığım; evet, evet dilin dünyayı tamı tamına doğru resmetmiş. Oğlum can sana acele iş ve aş gerekli. Yoksa açlıktan susuzluktan kuruyup yok olacaksın."

Gözümün gördüğü, ayağımın bastığı, içinde soluk alıp verdiğim varı olduğum dünyanın bana vereceği suyu aşı buharlaştı mı? Elimin kolumun içinden eriştiği dünyanın, başımı yaslayıp uyuyacağım bir dal yeri yok mu bana?

Duygularımla mantığım arasındaki gövdem, iki arada bir derede. Bir o yana bir bu yana savruluyorum. Mantığımın düşündükleriyle dile yazdığım, mantığımın bana buyurduklarının dışına nasıl çıkacağım?

Dağlar, ovalar, denizler, gökler, dünyanın varı olan insanın işgali altında. İnsanın dünyada müdahale etmediği ne kaldı? Hangi varlık sırrını insanın elinden kurtarabilmiş? Bir gülün bile kendisi olarak kalmasına izin verilmeyen bu yerde varlığımı nasıl yaşayacağım?

İnsanın olduğu, varına zor kullandığı bu zeminde hangi toprak bu cana yurt olabilir? Bu gidişle bu yurtsuzlukta varlığıma ekilecek yer bulamadan buharlaşıp gideceğim. Gövdemin içinde olduğu yaşam gemisi siren kayalıklarına çarparak paramparça oluyor. Ben bu parçalarımla gemiyi nasıl yüzdüreceğim?

Yedirilip içirilen bunca düşünce alışkanlıklarımın büyüsünden dilimin oyuncaklarından varlığımı nasıl kurtaracağım? Bilginin verdiği bir iyiden, iyinin beni bağlayıp esir aldığı bin cezadan cayır yanıyor canım.

Esiri olduğum ateşi söndürenlerim yok mu? Ayağıma kundurayı, başıma fesi, boynuma yuları, kıçıma donu giydiren uygarlık beni dünyadan ayırdı.

Kıçımın sıçması için bu uygarlığın tuvaletine ihtiyacı var mı? Oluştaki **kaostan** beni bu nesneler mi kurtaracak?

Ey mantığım, sen ne acımasız kanlı zalimsin, bir anlık rahatlık için insanlığa dünyaya mahvettiriyorsun. Bıraksaydın beni duyguların haline siren kayalıklarındaki o sesin büyüsünün kollarında belki de mutluluk oradaydı.

Ayağıma kundura, başıma fes, boynuma yular, kıçıma don giydirip beni esir aldın, iyi mi oldu? Bu mantığın düşündükleriyle inşa edilmiş insan evinin akıl hastanesinden ne farkı var? Bıraksaydın ayaklarıma ayakkabılar giydirmeyi, çıplak ayaklarımı dikenler dağlasaydı. Hiç değilse acılarımla dost olmayı öğrenirdim.

Giydirdiğin fes, başıma rüzgârları unutturdu. Bıraksaydın başımın saçlarını rüzgârlara; saçlarım rüzgârlarla dans etmeyi öğrenirdi. Kıçıma giydirdiğin don; bana ölüler doğurttu. Doğuracağım ölüler bu iyiliklerini görebilecekler mi? Tutsağı olduğum başımın içindeki iyileri kötüleri bana nasıl yedirdin?

Geçmişlerimin yazıp okuduğu, bana miras diye bırakılan bu dünyayı ben mi yanlış anlıyorum? Göremediğim, eksikliğim nedir? Sezgilerim bağıra çağıra felâket tellallığı mı yapıyorlar?

Ya bu nesnesini bilmediğim endişelerim, bana nereden geliyorlar? Beni çepeçevre çevreleyen, dış dünya ile birlikte orada olan varlığım... Uykusuz, susuz ve açım. Şu olduğum anın içinde ancak bu duyumlarımla var olduğumu algılayabiliyorum. Beni naçar durumda bırakan susuzluğuma, açlığıma, uykusuzluğuma dur diyecek bir iradem yok mu?

Ya varlığımda olduğu söylenen bu irade nedir? Boşluğa savrulmuş düşüncelerim ne yer ne içerler belli değil. Boşluğa savrulmuş düşüncelerim, orada olan varlığımdan uzak halim, ikiye bölünmüş birliksizliğimde dirliksizim. Ayrılıkçı düşüncelerim bana dirliğimi küstürmüşler. Mantığım, düşüncelerim, duygularım güvencesizlik içinde güvence arayışıma orta yol göstereniniz yok mu?

Nedir bu canın sizden çektikleri? Hanginizi dinleyip ardınız sıra geleceğimi şaşırmış haldeyim. Mantığımı dinleseydim işimden, duygularımı dinleseydim aşkımdan, sevdiğim kadın Zeynep'imden olmazdım.

Aşımdan, işimden, aşkımdan oldum. Kökleri topraktan sökülmüş bu canı nereye ekeyim? Kurt eniğinin ormanda yolunu kaybetmiş hallerinde, sağa sola uluyarak imdat dileniyorum.

Nedir bu var oluş tedirginliğim? Ne mantığımın ne de duygularımın yol tarifi var. Bu yalnızlığıma yer çöl, gök çöl. Ortalarında yana yana kavruluyorum.

Boşluğa düşmüş garip bir cismi andırıyorum. Gövdemin içinde gezindiği koca kent, birbirine iliştirilmiş binalar, bu binanın içindeki ticarethaneler, hastaneler, okullar, dershaneler, evler, sokaklar, yollar, parklar, fabrikalar, karakollar, garnizonlar, otogarlar, havaalanları, oteller, moteller, ibadethaneler, her bir binanın içinde kim bilir neler yaşanıyordur. Acılar, hazlar, ölümler, doğumlar, duygulu duygusuz, mantıklı mantıksız insanlar, akıllılar, deliler, dinliler, dinsizler, siyasetçiler, yabancılar, katiller, kurbanlar bu bin bir haller içinde bir ben mi kaldım dünyaya tutunamayan?

Çevremde kum gibi kaynayan insanlık seli içinde; işli işsiz, emekli emeksiz, insanlık gemisinin çarptığı bu kayalıkta kim bilir kaçının içi parçalanmıştır.

Az ileride duvara asılı bir tabela gözüme ilişiyor. Tabelanın üzerinde İstanbul Caddesi diye yazılı. **İstanbul;** kent adını çok sevmiş olmalı ki, yeni doğmuş mahallelere yine kendi adını vermiş.

Kendi adını çocuğuna veren insan gibi bir tür ölümsüzlük duygusu mu, diye düşünürken caddenin araç trafiğiyle dolu olduğunu görüyorum. Araçlar ağır ağır ilerliyor. Otomobillerin egzozlarından yayılan yanık gazlar havayı doldurmuş. Bu ölü havadan bunalıyorum.

Yürümekte olduğum yaya kaldırımında yol bulup yürüyebilirsem yorgun gövdemi deniz sahilinde, bir parkta dinlendirmeyi düşünüyorum. İçimden bunları düşünürken, sağımdan solumdan sürünerek geçen insanlar aceleyle koşuştururken çarpıp değdikleri beni umursadıkları yoktu.

Hırsları, kaygıları başına vurmuş bu insanlar, göz dedikleri duyumlarını kullanmıyorlardı. Bazıları zihinlerinin içindeki donuk resme doğru koşarken, bazıları da iri mağazaların vitrinleri önünde durmuş baygın bakışlarla eşyaları seyre dalmış vaziyette devinimsizdi.

Ben bu hengâmeli kalabalığın içinden ağır ağır yürümeye

çalışıyordum. Bazı işsiz güçsüz bakışlar beni öylesine tedirgin ediyordu ki, üzerime zumlanmış bu bakışlar ruhumun resmini çekercesine bu halimle kare kare karelenerek resmediliyordum. Özellikle kadınlar ve çocuklar meraklı bakışlarıyla beni süzüyorlardı.

Görünüşümün manzarası, bu bakışlar için bilinmedik bir cisimdi. Kimi acıyarak kimi tiksinerek beni süzerken rahatsız oluyordum. Sırt çantamı omzumla enseme doğru çekiştiriyor, böcek misali çantamın içine gizlenircesine başımı öne eğerek yürüyordum.

Temmuz sıcağında üzerime giydiğim kir pas içindeki kıyafetlerim, uzamış saçlarım, sakallarım, ayağıma giydiğim boyasız postallarım... Görünüşümle yazlık kıyafetler içindeki insan manzarasına aykırıydım. Bu kıyafetler içinde kimseden ne iş ne de aş isteyebilirdim.

Bir vitrinin camında görüntüye gelen yüzüm, ağlamaklı mavi gözlerim, uzamış saçlarım, sakallarım, elmacık kemiklerim yüzüme taşmış, Hint fakirini andırıyordum. Sokaklar evim olalı ne duş alabilmiştim ne de üstümdeki kıyafetlerim yıkanmıştı. Bedenimden gelen kokudan ben bile tiksiniyordum.

Ya başkaları, benden yayılan bu kokuya nasıl dayanır? Bir çuvalın içine doldurulmuş bayat et gibi kokuyordum. Bu halimle fırlatıldığım dünyanın neresine göçüp konabilirim? Sırtımda taşıdığım dünyalığımı hangi cennet, hangi cehennem kabul eder? Kanını, canını sırtımda taşıdığım bu dünya beni neresine alacak? Niye, ben de dünyanın varı değil miyim? Sırtımda taşıdığım O, O'nu konuşur, O'nu yazar, O'nu yaşar, O'nda ölürüm.

Bu dünyanın ırmakları, denizleri, suları mı kurudu? Niye pınarlarından kana kana sular içip ırmaklarında yıkanamıyorum? Kim bu suları benden çalmış ki gövdem kokuşmuş vaziyette? Bu can bende kurumak üzere! Dünyanın ırmaklarında, denizlerinde doya doya yüzüp yunmama engel olan ne? İnsan toplumunun içinde, bir küpe doldurulmuş turşu gibi kokuyorum. Susuzluktan dudaklarım çatlamış, açlıktan nefesim kokuyor.

Suları, mutfağı gasp edilmiş bu dünyada ağacımın kökünü hangi toprağa salıp, gövdemin dallarını hangi göğe sürebilirim?

Yerin göğün zaptı rapt eylendiği bu dünyada kuşlar gibi yuvamı hangi dalına örer, hangi güle şarkılar mırıldanırım?

Zavallı anam babam! Onlar dönüştükleri bilinmezlikte beni nasıl görüp duyuyorlardır kim bilir. Beni, oğullarını düşmüş halde görselerdi; yürekleri dağlanır, karalar yazarlardı. Saplandığım sığlıkta yana devrilmiş balık halimi hangi sularda yüzdüreceğim? Canımın üzerinden çekilip giden sularda hangi yüzgecimle yüzebilirim? Kolum kanadım kırık, ne uçar ne de yüzer haldeyim.

Anam babam beni öldürmekte olan katilin, bu failimin kim olduğunu nasıl düşüneceklerdi? Canım anam, benim okuyup vali olmamı isterdi. Kendini o kadar inandırmıştı ki bana seslenirken: "Valim, paşam gel yemeğini ye, ye ki tez büyüyüp şu İstanbul'un başına vali bey olasın," derdi.

Babam da annemin seslenişine bıyık altından ıssız ıssız gülümserdi. Babam, annemin aksine ilahiyat okumamı istiyordu. Babam dindar bir insandı. Dindarlığı öyle gösteriş ya da ideolojik değildi. O dualarını her zaman içinden, nefesi ile ederdi.

Babamın ağzından, annem gibi bağıra çağıra cennet ya da ev bark, iyilik istediğini duymadım.

Çocukluğumda yatak odamın kapısı, annemle babamın yatak odasının kapısına bakardı. Benim odamın kapısı hep açık tutulurdu. Ailemin biricik oğlu, nefesi, ailenin tek dal çocuğu olmak üzerimdeki ilginin artmasına neden oluyordu. Annem babam olmasa belki de yorgansızlığa alışacaktım. Dağın içinde uykusu kaçmış, bacasını yıkan ateş gibi yorgan canıma değer değmez fırlatıyordum.

Annemle babam yorganın bekçileriydi. Geceleri üzerimden yorgan atışım onların refleksi haline gelmişti.

Kulakları sürekli tetikteydi. Ranzam gıcırdar gıcırdamaz; birbirlerinin farkında olmadan, ikisini aynı anda yatağımın başında dikili görürdüm. Babam karınca gibi sessiz adımlarla yaklaşır, nefesi ile besmele çekerek yorganımı üzerime örter, aynı sessizlikle odasına dönerdi. Annemin sesli söylediği besmeleden uyanırdım çoğu kez. Babamın elleri, hafif besmeleleri ıssız olurdu. O her sabah erken uyanır, odama gelir, üzerimden attığım yorganı yeniden üzerime örter, penceremi açar, odamı havalandırırdı. Huşu içinde namazını kılar, dualarını ederdi. Uyanık olduğum zamanlar; yorganın altında, ses çıkarmadan izlerdim babamı, biraz da imrenerek.

Sonra annem uyanır, mutfakta patır kütür seslerle kahvaltımızı hazırlar: "Haydi baba oğul, efendiler kahvaltınız hazır," derdi.

Her sabah buram buram çay kokan mutfağımızın kokusu iştahımızı kamçılar, bizi kahvaltıya hazırlardı.

Annem fincanlarımıza çay doldurur, sağıma gelecek şekilde kahvaltı tabağımın yanına koyardı. Çayımın şekerini kendi elleriyle koyar, çan çun karıştırırken: "Hadi küçük bey, önce peynirden başla. Zeytin, yumurta, en son kekini ısır, sonra da çayını yudumla. Hadi küçük bey ye, iç, büyü de başımıza vali ol," derdi. Annem beylik sözlerini sıralarken babam, kahvaltısına bakarak gülümserdi.

Kahvaltı keyfimiz bu ve benzer sohbetlerin tekrarlarıyla sürüyordu. Kahvaltımızı ettikten sonra ben okula, babam üç tekerlekli el arabasıyla işine yollanırdı. Annem de evinin kadını olarak ev işleriyle uğraşır, bizim dönüşümüzü gözlerdi.

Okullar tatil olunca ya mahalle arkadaşlarımla oynar ya da babamla birlikte hurdaya çıkardım. Babamın el arabasını itmesine yardımcı olur, topladığımız kimi hurdaların çöründen çöpünden ayıklanmasında işe yarardım. Çalışmamız uygarlığın atıklarını tekrar uygarlığa iade ediyordu.

Arabamızla mahalle aralarında, sanayi sitelerinde gezinirken, babam kısık bir sesle: "Hurdacı, hurda alırım, hurdaaa!" diyen çağrısını birkaç kez tekrarlardı. Ben, babamın kısık sesle yaptığı çağrıyı az bulur, avazım çıktığı kadar: "Hurdacııı, hurda alırım, hurdaaaa!" diye tekrarlardım. Babam çağrımı tebessümle izlerdi.

Liseye başladığımda babamın yaptığı işi küçümsemeye başlamıştım. Bir daha babama yardımcı olmadım. Bugün olsa hâlâ o işi yapacak duyguda değilim. Hurdacılık işini bugün içime sindirmiş olsam, babamın yürüdüğü izden yürüyerek pekâlâ da kendimi bu yoksulluktan kurtarabilirim.

Elimde değil, böyle bir işi yapmak içimden gelmiyor. Çöp ve hurda sözcüklerinden tiksiniyorum, kusmam geliyor.

Lisede arkadaşlarım; baban ne iş yapıyor, diye sordukları zaman işçi emeklisi, diyerek geçiştiriyordum.

Babama bir gün; bu hurdacılık işini bırak dedim. Babam: "Oğul başka bir iş bildiğim var mı? Ne yapayım, kısmetimizi kuşlar gibi bu işte arıyorum. Niye sizi aç, açık mı bıraktım? Her gün evimize getirdiğim helal lokmayı bu iş verdi. Allah'tan başka ne isterim?"

Babamın dediklerine tepki olarak; bu iş bize bir ev bile alamadı! Hâlâ elin bodrum katlarında kiradayız, derdim. Babam: "Aynı annen gibi konuştun, ne yapayım oğlum, elimden bu kadarı gelebildi. Ne yapsaydım? Çalıp çırpıp, evime haram lokma getirseydim daha mı iyi olacaktı? Benim alnıma bunlar yazılmış, sen de alnına yazılanı yaşayacaksın. Hangi yazılanın önüne, kim geçebilmiş? Allah'ın dediği olur oğlum, darlatma kendini günaha girersin. Nedir bu insanların girdiği can telaşı? Allah gözlerimizi şeytanı görmekten korusun. Açlıktan ölenin katili olsa olsa şeytanına uymuş aç gözlerdir."

Babam pek nadir böyle bilgiç konuşmalar yapardı. O, daha çok dinler ve gözlemlerdi. Sanırım pek arkadaşı da yoktu. Babamın arkadaşları; arabasını yokuş yukarı iten mahalle çocuklarıydı. Çocukların getirdiği hurdalara, ederinin üzerinde ücret ödeyerek sevindirmeyi severdi babam.

Babamın kahve, meyhane, hatta komşu gezilerine gittiğine hiç rastlamadım. O, dursuz duraksız çalışırdı. Yorulduğu zamanlar, üç tekerlekli arabasını bir kahvenin önüne çeker, çayını sigarasını içerken derin düşüncelere dalardı. Ne düşündüğünü kimseye demezdi.

Babamın benim için en çok istediği şey; İslam dinini daha iyi öğrenmemdi. Bu yüzden beni yatılı bir imam hatip lisesine yazdırdı. Eve ancak hafta sonları geliyor, zamanın çoğunu yine dışarıda, arkadaşlarımla geçiriyordum. Eve az uğrayışlarım annemi de babamı da tedirgin ediyordu.

Annemin şikâyeti üzerine babam beni yanına çağırdı. Kısık sesiyle kulağıma eğilerek: "Bak oğlum, ben seni bu okula yazdırdım ki dinimizin hakikatini daha iyi öğrenip kendine, bize ve insanlığına yararlı bir işin olsun. Oysa sen daha şimdiden gençliğini, zamanını, olur olmazla çar çur etmeye başladın. Ben seni hükümetler kurup Allah'ın buyruğunu, iktidarların buyruğunu, Allah adına kullara dikte edesin diye değil, hakkı bilip, Hak'ta kendini göresin diye okutuyorum. Böyle dediğim için Allah'ım beni bağışlasın. Seni hırslarının batağına düşmemen için uyarmadan edemedim. Umarım sende beni, babanı bağışlarsın."

Babam, eve geç gelmemin nedenlerini doğru sezmişti. Arkadaşlarımla sabahlara kadar oturuyor, kuru siyasal muhabbetlere dalıyorduk. Babamın uyarısından sonra pek içtenlikli olmayan bu muhabbetlerden çekilerek liseyi, üniversiteyi iyi dereceyle bitirip mezun olmuştum. Mezuniyetim aileme bayram sevinci yaşatmıştı.

Annem ellerini havaya açarak: "Çok şükür Allah'ım oğlumuz okulunu bitirdi. Bir işi, evlenip hayırlı bir de eşi olursa gözlerim açık gitmez, ne olur Allah'ım," diye uzatırdı. Annem benim için çıkar bağıra çağıra dualar ederken babam araya girer: "Sus be mübarek kadın, sen kendi amaçların için duaları alet ediyorsun. Allah bizlere el ayak, göz kulak bahşetmiş. Başımızın içindeki beyni idrak edelim diye vermiş. Yerin göğün içinde, yuvanı kuracağın dallara, ırmaklara karın mı girdi? Biraz sus, imanlı ol! Allah'a yalnızca iman edebiliriz. Hep istemekle geçti bu ömrün, günaha giriyorsun günaha! **Musa**'nın asasıyla ıslah edemediği bu insanlar hakikati nasıl anlayacaklar? Herkes içini süpürürse dünya temiz, pak olur. Allah'ın bizlere verdiği kol kanatla dünyanın mutfağından aşını, suyunu ihtiyacına göre alırsan ne beylik, ne paşalık ne de kölelik olur. Köle de bey de kendi hırslarına kurbandır."

İlk defa babamı bu halde görmüştüm. Demek babamın bu sessizliğinin içinde ne yanar dağlar gizliymiş. Annem, babamın bu kükremiş halini dindirmek için: "Tamam bey sustum, sustum. Kimin ne hali varsa görsün."

Annemle babam arasında bu derin düşünce farkları olmasına rağmen yine de birbirlerini seviyorlardı. Ufak tefek dargınlıkları da bir saman alevi kadar kısa sürerdi. Tekrar araları süt liman olurdu. O gün, bu kısa tartışmadan sonra, babam işe yollanırken annem kapıdaydı. Babam annemin omzuna elini koyup; hadi Allah'a emanet olun, dedi. Annem de; hadi güle güle Ali'm, rasgele, diyerek babamı işine uğurlamıştı. Babam sözcüklerden çok yaşamıyla konuşurdu. Annemse kadınlık içgüdülerindeki tasarıma göre davranırdı. Bazen dindar olurdu, bazen rasyonel. Sözlerini yuvarlayarak konuşurdu.

Annemin bir gün olsun bizleri yemeksiz bıraktığı görülmemişti. Babam da günlük kazandıklarını kuruşu kuruşuna annemin eline verirdi. Babamın işinin istikrarsızlığından, bazı günler eli boş döner, annem de diğer günlerden biriktirdikleriyle kazançsız günlere takviye ederdi.

Annem; ben bu paraları, kıçıma don bile almadan sizlerin aç, açık kalmamanız için gıdım gıdım biriktiriyorum, derdi.

Annemin dedikleri doğruydu, üzerinde bir gün olsun cicili bicili bir kıyafeti olmamıştı. Aynı kıyafetler içinde de sonsuzluğa dönüşüp gitti. Mezun olduktan bir yıl sonra; önce annemi, altı ay sonra da babamı kaybettim. Annemin bana bakarken o pırıl pırıl gülümseyen mavi gözleri, babamın içkin hallerdeki dinginliği...

İkisinin bu halleri hala gözlerimin önünde, içimde buram buram tütmekteler...

5. BÖLÜM

Ana adı; Fatma

Baba adı; Ali

Ali ile Fatma'dan doğma bir canım.

Adım Can, soyadım Güdülen.

Türüm insan.

Cinsiyetim erkek.

Var olan, olma varlığıma yapıştırılan etiketi, adımı ne zaman öğrendiğimi hatırlamasam da adımı kabullenmişim. Yer'i ayrı, gök'ü ayrı, ağaç'ı topraksız gören dilin bu yanılsamalarını ben de yemişim. Varlığımın içinde gezindiği; yerin göğün altındaki kentin manzarası, görünüşü gözlerimin içine batarcasına bina, pencere, yol, otomobil, yaya kaldırımı, ağaç, saksı, çiçek, insan diye başımın zırhı içindeki zihnimde nasıl istiflenmişler? Gözümün içine giren dünya, zihnimin içinde un ufak edilmiş. Her biri diğerinden nasıl ayrılıyor?

Dünyanın görünüşteki hali; eti, budu, dalağı, ciğeri, kemiği kasabın tezgâhında, her biri ayrı istiflenmişçesine bakışımın içine dalıveriyorlar.

Kentin üzerindeki güneş, bildiği yoldan akşamına akıyordu. Benim içimdeki zaman durdu, duracak. Açlık ve susuzluk yüzünden yürümekte zorlanıyorum. Kentin insan kalabalıkları içinde adımlarımı sürüye sürüye geziniyorum. Bir içim su, bir dilim ekmek ya da iş için koca kentte kapısını çalacağım bir dost bulamamıştım. İradem hâlâ açlığıma, susuzluğuma direnişini sürdürüyordu. Bu pazaryerinde insanlar sağa sola, ileriye geriye, yürüye dura, koşuştura devinimlerini sürdürüyorlardı. Her birinin başının içindekiler çelik zırhla kaplı. Sırlarına doğru **narsit** bakışlarla etraflarını süzüyorlardı. Her birinin gözü bir uzağın içinde, bir şeyler arayan duygulardaydı.

İçinden baktıkları karanlıkta; varlıklarını saran dünyayı yaratmışçasına, haklılıktan çatlayacak haldeydi gözleri. Elim ayağımın, etim kanımın, canımın bu varlıklara benzerliği bir yanılsama mı?

Her birimiz aynı varlıktan gelip, yerin göğün soluğunu içerek güneşin mayaladığı aynı aşk şarabından dem olunmadık mı?

Zaman, içimizdeki dünyanın zamanıyla akışımız bir yalan mı? İnsan başının içindeki bu hayaletlere nasıl esir düştü? Esiri olduğumuz gölgelerin sırrı nedir?

Cadde boylarındaki kalabalıklar içinde bir an varlığımı unutuyorum. Yürüyüp geldiğim yollarda görüp, belleğimde yer edenler bu kez düşümden akarak gözlerimin önünden geçiyorlar.

Bankın üzerinde oturmuş mini etekli kızı düşünüyorum. Seviştiğim kız, Zeynep'i anımsatıyor. İçim kadın kokusuyla doluyor. Ne çok özlemişim Zeynom'u. Zeynom'la seviştiğimiz dağlar, ovalar, ırmaklar bir kez daha canlanıyor gözlerimin önünde. Arayanın telefonunu cevapsız bırakan, tesettür kıyafeti içindeki kızı düşünüyorum. Ürkek yüz ifadesiyle Zeynep'i anımsattı bana. Dünyanın bütün kadınları; bir ırmaktan gelircesine her birinin yüzü derin göklerin içindeki yıldızcasına diğerini anımsatıyor bana.

Telefonundan bağıra çağıra, ağza alınmayacak küfürler savuran; ben Dilaver'sem, diyen adamın korkutucu sesi bir kere daha kulaklarımda çınlıyordu. Hangi dehşetten geldiği bilinmeyen, geçip giden bu sesin düşüncesi beni olduğum yere çiviliyordu.

Dilaver: "Ben seni var ya ulan, seni, senin karını gözlerinin önünde s......"

Bu sözleri ağzında betimleyen dili, ağzına uyumsuzdu. Makineden çıkarcasına sözcükler ağzında lime lime parçalanıyordu. Bozuk bir aksanla, sonradan monte edilmiş diliyle, bu ağız yalnızca küfür ve tehdide programlıydı.

Dilaver bir bay, ben de bir bayım. Varlıktan olan varlığımızın eti, kanı, kemiği tüm benzerliğimiz. Dilaver; etine, kanına, işlenen dilden, kültürden öğrendiği öldürmeyi, tehdidi biliyordu. Sorgulamadan yiyip içtikleri Dilaver'in etini, kanını zehirlemişti. Kökenselliğimizi okuyup yazışımız bir değildi.

Dilaver'in durduğu bu sığlıkta yaşam, ölüme mahkûmdu. Dilaver de bu ölümünü bekliyordu.

Ben bunları düşüne düşüne yürürken, bir başka büfenin önündeydim. Bir kadın çocuğuna rica minnet ekmek arası döner yedirmeye uğraşıyordu. Kadın çocuğuna: "Hadi yavrum bir lokmacık daha ısırırsan sana istediğin oyuncağı alırım." diyor, çocuk isteksizce ekmeğin ucundan bir ısırık alıyordu. "Hadi yavrum biraz da ayranından iç." Çocuk annesinin bu isteğine de uyarak kadının elinde tuttuğu ayran bardağından bir yudum içiyordu.

Annesi çocuğunu iştahlandırmak için, kendisi de bir yudum ayran içiyor; ohh ne güzel ayranmış, diyerek diğer eliyle dürümü çocuğun ağzına uzatıyordu. Çocuk annesinin uzattığı yiyeceği iki eliyle iterek tepkisini gösteriyordu. Bu kadının iştahsız çocuğuna yemek yedirirken çektiği eziyetler, annemin bana yemek yedirirken çektiği eziyetleri anımsattı. Kadının mor çiçekli eşarbından taşan kumral saçları çizgi çizgi ak alnında, boncuk gibi dizili mavi gözleri, ayın on dördünü andıran ak yüzüyle anneme ne kadar benziyordu.

Annemin yüzü bir kere daha gözlerimin önündeydi. Anamı babamı, çocukluğumu ne çok özlemişim. Bir daha dokunamayacağım anamın babamın elleri, yüzleri, saçları nereden gelip nereye aktılar?

Şu an içinde olduğum insan ırmaklarında binlerce can, oraya buraya dalgalanarak akıyordu.

Doğduğum semtteyim, anam babam bu caddeden kaç kere akıp geçtiler, kim bilir. Hani anamın babamın elleri, yüzleri, gözleri, saçları neredeler?

Şu an içinde olduğum sulardaki insan yüzlerinin çoğu belki bugün bu gece, yarın ya da yarından sonra burada olmayacak. Kimilerinin elleri yüzleri, kimilerinin de gözleri saçları buharlaşarak gidecekler.

Telefondan öfke kusan Dilaver, binlerce tüfeğin tabancanın namlusunda bekleyen hangi merminin kurşunuyla içi doldurulacak. Belki şimdi, belki bu gece, kim bilir?

Ya arayanı cevapsız bırakan kız, belki aşığı için evini terk etmiştir ya da yüz vermediği aşığıdır, telefonun ucundaki. Gözlerinden korku saçılan genç kızın infazcıları çoktan ardına düşmüştür. Ve diğerlerinden bazıları... Şimdi ya da birazdan yolculuk ettikleri hava, kara, deniz taşıtlarında canlarını pusuda bekleyen kazalarda kırılıp gidecekler.

Yeşil ışık yanarken gözü dönmüş bir rallicinin kullandığı otomobilin tekerlekleri altında bu meydandakilerden kaçı can verecek?

Şu an belki de yeni alınmış bir savaş kararıyla cepheye sürülecek kaç genç eceli dışında kırılarak öldürülmek için sıraya alınmıştır. Ya o bankın üzerinde umarsız vaziyette oturmakta olan mini etekli kız, o da belki bu gece eğleneceği bir barda kalbine saplanan bir bıçakla yaşama veda edecek.

Varlığımın da içinde ikamet ettiği bu körlükte daha kaç gencin canı ecelsiz kırılacaktır. Ancak şu an elimi dokunup da can sıcaklığını duyabileceğim kaç can aramızda olmayacak? Bunu kim nasıl bilebilir?

Olduğum yere arkamı dönüp gittiğim zaman bu varlıkların orada olup olmadıklarını asla bilemeyeceğim. Zamanlı ya da zamansız akıp gidenin ardından sevdiklerine kalsa kalsa bir düş, bir anı kalacaktır. Şu an anam babamdan bana kalan kadar...

Bunları düşünürken zaman irademin dışında varlığını örmeyi sürdürüyordu. Zamanın çocuksu oyununda karanlıktaki ışık diğerleriyle yer değiştirme oyunu oynuyordu. Gelmekte olan gecenin korkusu yüreğime kurşun gibi düşüyordu.

Ne bir iş sorabilmiş ne de eski bir dostla karşılaşmıştım. Adressiz yollarda bir o yana bir bu yana sallanmış durmuştum. Açlığıma, susuzluğuma ne bir ırmak ne de bir meyve ağacı karşı gelmişti.

Geceyi geçireceğim Kazlıçeşme'deki parka doğru ağır ağır yol almaya başladım. Ölmemek için çöpte ekmek kırıntıları aramayı düşünürken, çöplüğün içinde adet görmüş bir kadının kanlanmış pamuğu gözüme batıyordu. Çöplüğün içinde, yaralanmış ekmeğe bir bağımlının kullandığı şırınga saplıydı. Rastlayacağım görüntüler kafamda canlanırken midem isyanlardaydı. Boğazımdan ağzıma doğru yol alan ekşi tadı duyumsadım. Midem kasılıyor, beni kusmaya zorluyor, ancak içinde dışarıya atacak bir şey bulamadığı için vazgeçiyordu.

6. BÖLÜM

Güneş kendi bildiği yoldan ışıklarını saçarken, başka dağlara, ovalara, denizlere ekilmek üzere gezgin başını alıp gitmişti bu kentten.

Kent, gece kıyafetlerini giyinip alacakaranlığa teslim olmuştu. Çocukluk ve erginlik çağlarımda gecelerini sevdiğim o İstanbul şimdi nerede? Ne çok severdim o İstanbul gecelerini. Platonik düşler içinde koyun koyuna yattığım kadınlar, bu gece düşlerimin başmisafirleriydiler.

Derin düşlere dalarak, bin bir gece masalları tadında yaşadığım o İstanbul geceleri şimdi bana kâbus gibi geliyor. Gecelerin kanlı bıçaklı sokakları, geceyle birlikte suçlular silahlarını zulalardan fora etmiş avdadır şimdi.

Varlığımın bu çetelerden birisine av olmasından korkuyordum. Param pulum yok, ama dalağımın, böbreğimin ya da bir organımın para edebileceği düşüncesi beni endişelendiriyordu. Dahası suçlu sanılmaktan, bir silah sevicisinin silahını severken namlusundan kaçan merminin başımı delmesinden, maç sonrasında galip ya da mağlup, hüzünlü sevinçli namlulardan kusulan hüzünlü hüzünsüz mermilerden, asker yolculayanların çıkardığı silahlarından yağan mermilerden korkuyordum. Ya da zevk için insan bıçaklayan psikopatlardan... Daha neler yoktu ki korku nesnelerimin içinde.

Kentin ortasında bir aslana yem olmak dışında; katilden, kurbandan, kısaca İstanbul gecelerindeki tüm insanlardan korkuyordum.

Bugün yine susuzluğuma ırmak, açlığıma meyveli bir dal

bulamadan; varlığımı kanlı bıçaklı ellerden sakınmak için ıssız parklarda sığınacak ağaç duldası arayacaktım.

Kanatları kırık halim; açık denizlerde avlanamadan yuvasına dönen bitkin martıların süzülüşlerini andırıyordu.

Yedikule mezarlıklarının, duvar diplerinin yanından sahile doğru ağır ağır ilerliyordum. Anamın babamın bu mezarlıkta yattığı düşüncesi başıma yıldırım gibi düşüyordu. Birden; geceyi mezarlıkta, onların mezarları başında sabahlama düşüncesi belirdi. Anamı, babamı toprağın altında düşünmek ağır geliyordu. Üstelik ıssız mezarlık da ürkütüyordu beni. Mezarlıktan korkuyordum. Orada sabahlama düşüncesine korkularımın ayak diremesine rağmen duvarı aşıp mezarlığa daldım. Annemin babamın mezarlarının başındaydım artık. İkisi yan yana gömülüydü. Fazla özenilmeden yapılmış iki yoksulun mezarı olduğu hemen göze çarpıyordu.

Almanya'daki amcamın anneme babama yaptığı ilk ve son iyilik mezarları inşa ettirmesi olmuştu.

Mezar bakımsızdı, topraktan sürüyen yaban otlarına el değmemişti. Çoğu kuruyup dökülmüş otların ölüm sarısı baskınına karşı aralardan yeşil otlar inatla dirilişe sürgün vermişti. Bu bakımsız mezarların toprağında; ölüm, yaşam, erkek ve dişi iç içeydi.

Bilinmez bir elin ektiği otlar ne ahlaklı ne de ahlaksızdı. Bu sessiz üreyişin gizemi nedir? Düşüncelerim beni mezarın üzerini örten otları temizlemekten vazgeçirdi. Annemin babamın ölümü ve benim yaşamım bu otların yazgısıyla aynıydı.

İnatla sürgün veren yeşil otların yaşama inadını kıskanmamak elimde değildi. Ben bu köksüz halimle aç susuz, sararıp kuruyacak ve dökülecektim.

"Can Güdülen" dedi bir gün Dinler Tarihi öğretmenim. "Sen inatçı bir otsun, olur olmaz yerde bitiyorsun. Bir gün senin bu inadın bir çiftçinin tırpanına denk gelirse gününü görürsün. Bu okul, bu meslek sana göre değil. Senin kritik etmediğin ne var onu söyle bana, kendini kaşıya kaşıya uyuz olacaksın. Sen bu okula uygun öğrenci değilsin. Sen git Avrupa'da felsefe oku!"

Kuru, miyop öğretmenin söylediklerine gülmüştüm. Öğretmenimin kehaneti gerçekleşmişti. Bir çiftçinin tırpanıyla toplum mezarlığından sökülüp atılmıştım. Vaazlarım artık para etmiyordu. Cemaate, kuru miyop öğretmenin anlattıklarını olduğu gibi aktarsaydım, şimdi yaban olmayacaktım.

Annem babam yaşasaydı; düşürüldüğüm şu yaban halime ne derlerdi? Anam babam, ölü canlarım, bana bıraktığınız miras artık para etmiyor!

Allah için vaazlarımı satamıyorum. Anam babam; kökünüzden sürüyen dalıma toprak bulup ekilemeden kuruyacağım. Olduğum yerde, kabirlerin önünde diz çökerek alnımı mezar taşının üzerine yasladım, hıçkıra hıçkıra ağlıyordum.

O an ikisi de bana bakıyorlardı. Annemin kumral saçları eşarbından ak yüzüne taşmıştı. Göz pınarlarından yaşlar kaynayarak beni süzüyordu. Babamınsa aksakalları iyice uzamıştı. O her zamanki hüzünlü bakışlarıyla beni süzüyordu.

Onlara sarılırcasına mezar taşlarına sarılmıştım. Taşı toprağı öpüyor, öpüyor, öpüyordum. Kendimden geçmiştim. Gecenin içinden esen serin bir yel beni uyardı.

Bu ölüler şehrinde bir tek benim yaşıyor olmam bilmediğim, garip bir kıvanç duygusu veriyordu bana. Annemin babamın düşümdeki suretleri buharlaşarak gitmişti. Ölüm dedikleri şeyden kaçarak ölümsüzlüğü arayan düşünceler aradıkları sonsuz yaşamı nereden, nasıl bulacaklar?

Varlığımın içinde benimle birlik olan bu ölümden kaçıp

sığınabileceğim hangi sonsuzluk olabilir? Omzumda bir kâbus gibi dolaştırdığım bilmediğim bu ölüm sen nesin?

Başımın içindeki düşlerimde benimle birlik gezen annemin babamın dokunamadığım elleri yüzleri neredeler?

Bunları düşünürken çaresiz kalışım içimi kırıp döküyordu. Yakınımdan gelen gül kokuları içime bir ferahlık ekiyordu. Boğazımın kuruduğunu, susuzluktan yanmakta olduğumu fark ediyordum. Burnumun gösterdiği istikamete doğru sürünerek süzüldüm. Taze bir mezar ve üzerindeki çelenklerle karşılaştım. Çelenklere dizili güllerin hâlâ taze olduklarını ellerimle bile fark ediyordum.

Karanlığın içinde güllerin ak mı, al mı olduklarını gözlerim seçemese de ellerimin ve burnumun tanıklığına inanıyordum. Ellerimle mezarın toprağına dokundum, ıslaktı. Ağaç dalları arasından süzülen bir damla ışığın yansımasına çevirdim gözlerimi. Bir bidon duruyordu oracıkta. Dokundum, serinliği duyuyordum. Bidon doluydu. Yanında bir paket ve içi su dolu bardak vardı. Paketi açtım; içinden çikolatalar çıkıyordu. İçi su dolu bardağı kokladım, dilimi dokundurdum. Aynı şekilde bidondaki suyu da test ettim. Bu aile kimse, ölüsünü düşünmüştü. Ölen kimsenin sevdiği yiyecekler mezarının başucundaydı. Kanıncaya kadar suyu içtim. Paketteki çikolatalardan yedim. Üzerine tekrar, tekrar su içtim. Ta mitolojik çağlardan kalma bu gelenek benim susuzluğuma açlığıma yaramıştı.

Babamın annemin izini sürerek geldiğim ölüler şehrinde kalamazdım. Bu ıssızlıka endişelerim biraz dinmişti. Tatlı bir uyku başımı içine alıyordu. Başımı çelenklere yasladım. Gül kokusu içime doluyordu. Ağaçların dalları arasından yıldızları süzdüm. Birçok yıldız, aynı anda gözlerimin içine akıyordu. Göğün suskun parıltılarıyla bir süre oyalandım. Yıldızları unutarak dalıp gitmişim. Uyku arasında; düşüncemi varlığın içinde, varlık mı düşüncenin içinde, diye sayıkladığımı fark ediyordum.

Bir an, içime yağan yıldızların aslında kendim olduğunu düşündüm. Uykumun içinde, göğün derinliklerinde bir yıldız olmak beni ferahlatıyordu. Bütün korkularımdan çözünüp bir yıldız gibi göğe salınmıştım. Kulaklarımda uğuldayan çağlayan sesleri, bilmediğim bir ormanın gizemli kokuları beni mest etmişti. Gövdemi sere serpe salarak uykunun kollarında olduğumun bilincindeydim. Rüya içinde rüya gibi tatlı haller, beni kuşatan gizemli düşüncelerin esrarından kurtaracak bir hakikat düşüncesi olmalı diyorum. Yürüyüp geldiğim bütün yollar tükendi. Artık yeniyi görebilirim, diyorum. Dünün içindeki tutsak zihnimi, zihnimin içine yazılı öğrendiğim binlerce akı karayı yakmadan yeniye nasıl uyanabilirim? Bütün eskiler ölü. Bu ölüleri başımın içinde taşıyamam, bütün engellerim başımın içinde. Engelleri aşarsam yeniye dokunabilirim ancak. Bu ne biçim rüya, diyerek uyanıyorum. Rüyamda konuştuklarımı yazmalıyım, diyorum. Yorgun kollarımda çantamdaki kalemi, defteri alacak gücü bulamıyorum. Kendi kendimi teselli ederek; olsun, diyorum. Rüyada konuştuklarımı yarın, şafakla birlikte not ederim, diye geçiriyorum. Bu sözlerle ikna oluyor, tekrar derin uykunun kollarına kendimi bırakıyordum.

Uykuya dalar dalmaz; derinden uluyan "ımm"la uzayan bir kadın sesi kulağıma uzanıyordu. Uykumun içinde nerede olduğumu toparlarken, ses uzun "ihhh"larla bir kez daha tekrarlanıyordu. Sesin tekrarlarıyla uyandım, ürpermiştim. Bu ne garip bir rüya diye düşünürken, bu kez de kulağıma çıtırtılar gelmeye başladı. Bir kaplumbağa otlanıyordur ya da mezar fareleridir diye düşündüğüm sıra; "Ahhh, uyyyy, ıııh"... Orgazmın doruğuna ulaşmış sesin halelerini andırıyordu kadının inlemeleri. Galiba birileri yakınımda sevişiyor, diye düşünürken bir erkek sesi: "Ulan ben sana demedim mi, ben senin karını gözlerinin önünde s...... diye, daha sen dur hele sana daha neler neler yapacağım."

Sesin geldiği yöne doğru iyice kulak kabartıyordum. Sesin tonu kulaklarıma aşinaydı. "Sen babaya yamuk yaparsın ha, ulan ben sana demedim mi, ben Dilaver'sem senin karını gözlerinin önünde s...... diye, şimdi bu kafan yerine gelmiştir," bu sözlerle aynı anda bir boğanın başka boğaya vurmasını anımsatan "hıh" diye böğürtü sesi. Böğüren kaba erkek sesiyle birlikte tekmeyi ben yemişçesine; "Ahhhh" diye narayı patlatmıştım.

Sesimden ben bile ürkmüştüm. Dünyayı acılarından kurtaracak bu **İsrafil** çığlığımdan sonra sesime doğru namlulardan mermiler yağmaya başladı. Can havliyle olduğum yerden fırlıyordum. Mezar taşlarını gövdeme siper alacak şekilde eğilerek kaçıyordum. Mezarlığın duvarından aşağıya atladım. Düşmemle kalkmam aynı hızda gerçekleşiyordu. Mezarlık duvarını siper alarak ilerliyordum. Yönüm sahile doğruydu. Dilaver duvarın üzerinden aşağılara doğru gelişi güzel ateş ediyordu.

Aynı anda oradan geçmekte olan polis devriye aracı olayın üzerine düşüyordu. Uzun namlulu tüfeklerini mezarlığın içinden gelen silah seslerine doğrultmuş, havayı biçmeye başlamışlardı bile.

İki ateş arasından ramakla sıyrılmıştım. Can havliyle yolun karşısına geçmiş, surların taş döküntüleri arasına sığınmıştım. Beni kovalayan Dilaver'i, sığındığım taşın arkasından görüyordum. Polisin megafondan; teslim ol, çağrısına gelişi güzel ateş ederek kaçıyordu.

Silah sesleri arasında; "anam" diyen bir çığlık sesi, Yedikule surlarının duvarında yankılanıyordu. Yankısıyla birlikte, iki tekrarlı "anam" sesi; ben Dilaver'sem, diyen adamın sesiydi.

Polisler yüzü koyu uzanmış Dilaver'in ensesine çullandılar. Polis hiddetli bir ses tonuyla: "Lan sen kimsin," diye soruyordu. Biraz önce; dağları ben yarattım edasıyla konuşan sesin yerinde şimdi yeller esiyordu. Kolları arkadan düğümlenip kelepçe vurulurken Dilaver yakaran bir ses tonuyla: "Ağbi ben değilim, ben değilim, ateş edenler, o tarafa kaçanlar." İnleyerek: "Ben değilim ağbii," diyerek yakarıyordu.

Polis memuru alaycı bir ifadeyle: "Sen bu gece vakti, biraz önce ateş ettiğin şu silahla düğün alayını selamlıyordun değil mi?"

Dilaver bir şeyler demek istedi, diyemedi. Polisin ellerinde boğazı yeni kesilmiş tavuk gibi çırpınıyordu. Özgürlük Meydanı'nda bağıra çağıra naralar atan, tehditler savuran bu soluk belki de çekiliyordu. Bir anda etraf polis araçlarıyla kaynamaya başladı. Bir ambulans Dilaver'in yattığı yere yanaştı. Yerde yatan Dilaver sedyeye konulurken sessiz sedasızdı. Polislerin bir kısmı da mezarlığın içine dalıyordu.

Gecenin içindeki gürültülü mahşer kalabalığına bir iki göz daha gezdirip kaplumbağa gibi sindiğim yerden başımı, ayaklarımı çıkarttım. Surların duldasından ağır ağır uzaklaşıyordum.

İnsanlık bu dehşetin içine nasıl düştü? Toplum, krize müdahale güçleriyle gövdesini suçunun iltihabından kurtarabildi mi? Dilaver, suçun failinin kendisi olduğunu belki de hiç bilemeyecek.

7. BÖLÜM

Bir rastlantı mıydı, yolumun ateş çemberinin içinden geçip gelmesi? Yürüyüp geçtiğim bu yolun bana bir daha gelmeyeceği kesindi. Yürüyüp geçtiğim ateş çemberinin içinden bana kalsa kalsa dehşet görüntülerinin puslar içindeki anısı kalacaktır.

Çığlığımın uyarısı olmasıydı bu olaylar oluşur muydu? Bir kelebek kanat çırparsa dünyamı yıkılırmış. Benim şu kent sokaklarında, caddelerinde parklarında pır pır kanat çarparak gezinen kelebekten farkım nedir?

Mezar yerindeki savaşın cehennem manzarasından bir kelebek gibi sıvışıp çıkmıştım. Kentin bu gecesi de olaylarıyla birlikte karanlığının sırlarına gömülmüştü.

Yüreğim, hâlâ göğsümün içinde kanatlarını pır pır çarpıyordu. Sırtım kente dönük, deniz kenarındayım. Bir kayanın üzerinde oturmuş güneşin kan kızılı alevleriyle denizin içinden göğe ağışını izliyordum.

Ey dünya! Küçük dünya, evrenin mavisi içinde küçük bir nokta gibisin. Ve ben, senin taşının toprağının içinde, küçücük kızıl bir etçiğim. Ne çok şey sığdırmışsın etimin içine. Gövdemin evinde ne çok karışanım var. Bir de duyumlarımın algıladığı, başımın belası aklım. Duyumlarımın duyamadığı; aşk, korku, cesaret, acı, tatlı, aklımın konuştuğu iyiler ve kötüler var. Bir de sessizliğin içinde, sesinin nağmeleriyle kekeleyerek konuşan sesin var. İçindekilere; dağ, ırmak, deniz, gök, güneş diye konuşarak kendimi kaosundan kurtarmaya çalışıyorum.

İçinde olduğum manzaranla güneşi denizin rahminden doğururcasına izlettirdin gözlerime. Venüs'ün taştan heykelini ışıkla giydiren sanatçının marifetiyle kanlı canıma giydirdiğin deri kıyafetle varlığını bana, ben diye yutturuyorsun.

Elimin, kanımın korkunç görüntüsünü bu deriyle nasıl örtüyorsun? Bilinmez bir elin seni, mavi fon üzerine işleyerek seni, sana yutturduğu gibi sende derinin içine işlediğin beni, bana yutturuyorsun.

Varlığından olan varlığımın bir nokta, kan pıhtısı olduğunu düşündükçe hayretler içinde kalıyorum. Bu manzaranın içindekilerle beni oyalıyor, vahşetini benden gizliyorsun. Dünya elini, elim diye yutturmaya çalışıyor, oyuncaklarınla kaosunda oyalıyorsun beni...

Varlığımın kıyısında durduğu şu denizin met-cezirleriyle gelen oyuncaklarla daha ne kadar oyalayacaksın? Dünyasız hatta evrensiz boşlukta varlıksız duran düşündüklerimin bu soyut boşluklarında daha ne kadar eyleşebilirim?

Boşluğunda düşündüklerimin uydurduğu simgeden imgeye tutunduğum soyutlar susuzluğumun gördüğü seraplarım beni hangi sularla daha ne kadar oyalanacağım bu boşluk yerde?

Dilimin bana uydurduklarına; var desem bir hal, hiç desem başka hal. Dilimin nağmelerine tutsaklığımdan nasıl çözüneceğim? İki yanı keskin kılıç gibiyim. Ne yana dönsem kendimi doğraya doğraya tükeniyorum.

Kapısız karanlıklardan gelip yine karanlıklarda eyleşen bu yaşamım için daha ne kadar rüşvet vereceğim? Varlığımın adının, **ben insanım** yakıştırmasına daha ne kadar inanacağım? İçimdeki gelgitleri bir susturabilsem; bir ağaç gibi suskun ve tutkusuz bir hürriyetle topraksız, göksüz, güneşsiz olurdum, hepsinin içinde bir olurdum.

Yurt, yurtsuzluk diye dillendirmeden oluşta olmak, ne ben ne de o demeyen bir suskunluğun içinde olmak. Varlığımın olduğu bu zeminde hangi düşünceye, hangi kavramlara sığınayım?

Bunları düşünürken beni bir hiçlik sarıp sarmalıyordu. Bende var olduğu söylenen irade, kıçıma dayanmış boka söz dinletemiyordu. Varıp çişimi yapıyor, deniz suyuyla abdest alıyordum. Ayaklarım denizin içinde bir süre kalıyordum. Varlığımı denizin sularına salarak balık gibi yüzüp gitmek geliyordu içimden. Yüzme bilmediğimi düşündüm. Varlığımda olan solungaçlarımı belki de buradan karaya çıkarken denizde unutmuşumdur, diye kendimle alay ediyordum.

Beynimin kriterlerinden fışkıracak lavlarla dağlar, ovalar, vadiler, bu vadilerden çağlayan ırmaklar yaratacak kudretim yoksa aklımın bana kârı nedir? Kaosun içine düşmüş bir damla kandan gayrı neyim ben?

Bilimin fonksiyonları, sanatın duyumları, felsefenin kavramları ya da kutsal kitaplardan metinlerle kaosa çizeceğim dizelerle içine savrulduğum bu kaosta varlığımla hangi kimine sığınayım? Bu sığlık yerden çıkıp derin sulara yelken açmak için hangi suskun bilgenin dizelerinden içeyim? Gövdemin içinde kıpırdayan açlığa, susuzluğa, aşka, korkuya, cesarete laf edemiyorum. İçimde kıpırdayan şeyler neyin nesi?

İçimde titreyen korkularıma, engellerimi aşamayan soluğuma beni aşkıma götüremeyen cesaretime ne diyeyim?

Para, kıymetli taşlar, bilimin açığa çıkarttığı bunca silah beni sürgünü olduğum ölüler diyarından nasıl kurtarabilir?

Bilim, felsefe, sanat, din ideolojisi... Düşmüş halimle hangi birine tutunup ayağa kalkayım? Hangi göğün altındaki toprak bana yurt olacak? Hangi dilin kimliğine sığınayım? Hangi kimliğimle, hangi sıcak coğrafya bu gövdeme kucak açabilir?

Dünyadan gelip; dünyanın hangi yollarına düşeyim, kimin

mültecisi olayım? İnsanın toplama evinde yaban geziniyorum. Varı olduğum bu dünyada, duldasız açıklardayım. Bir ceylan gibi tundralarda dizimi üzerinde sıçratacağım toynaklarım da yok. Kuşlar gibi canımı üzerinde taşıyacağım. Kanatlarım kırık sanki bu dünyaya eksik doğmuşum. Evini sırtında taşıyan kaplumbağadan eksik kalanım nedir? Varlığımda olan çağrıları taşkınlığa çıkaramayan bendeki düşkünlük halleri nasıl yapılandı?

Tarihin masalları içindeki bu ölü kentlerden beni kurtaracak bir soluğum yok mu? Ben diye beni konuşturan bu başımın içindeki gri et gövdemin içinde ne iş görüyor? Ya da diğer duyumlarım beynimden daha mı tembeller?

Gövdemin sinirsel iş birlikçileri hangi düzlemde, nasıl işliyorlar? Susuzluğumun, açlığımın benden istediği yolu mu izleyeceğim? Ya da mantığımın indirgemelerini mi dinleyeceğim?

Gövdemin hangi uyaranı içine düşürüldüğüm sığlıktan nasıl kurtaracak beni? Bir de varlığımda olduğu söylenen ruhtan söz edildi. Bu kavrama karşılık gelen, ruh dedikleri bu soyutu hiç tanımadım. Bir dokunabilsem ruh dedikleri soyut kavrama. Ona ne diyeceğimi biliyorum.

Bende olduğu söylenen ruh, mantık duyum, fonksiyonlarım işlemez durumdalar. Güdülerimin dışında uyaranım kalmadı. Güdülerim olmasa kendimi ölü sayabilirim. Keşke güdülerim olmasaydı. Susuzluğumu, açlığımı duymadan yaşayıp giderdim.

Bu susuz gövdemi hangi tutsak sular kandırabilir? Tutsağı olduğum sığ çöllerde, üzerimi örten yağmursuz gökleri nasıl aşıp gideyim?

İçimdeki göçebeliğimi hangi kıtada, hangi yaylalara salayım? Varlığımın içindeki göçebeliğimi dünyanın hangi dağlarına, ovalarına salayım? Kuşlar gibi sınırsız aşıp gitmelere engelim nedir?

Nedir, varlığımın içindeki engelim? Varlığımın önünü kesen insanlığımın engeline takılıp kalmışım. Var, varlığının engeline takılmış. Dünya bu varının engelini nasıl aşacak?

Varım

Varım

Varıııım.

Bu ses kimin?

Ah, bu yağmursuz göklerin altındaki göçebe yüreğim! Hangi pınarsız vadi bu canına yurt olabilir? İnsan engelim olmadan hangi ormanda yaşayacağım?

Zihinsel süreçlerimin düşündüğü korkularım yüreğimi zincire vurmuşlar. Yüreksizim, yüreksiz. Hâlâ nesnesini bilmediğim korkularım nedir?

Al, mor, yeşil, mavi, ak, siyah benekli yüzleriyle bu gulyabaniler zihnime nerede, nasıl yazıldılar? Sezgilerim usulca kulaklarıma şunları fısıldıyordu; gulyabanilerin seni kurşuna dizecekler. Ya da açlıktan susuzluktan insan çölü içinde kuruyup gideceksin.

Nedir bu sezgilerimin elinden çektiğim? Geleceğin felâket tellalı sezgilerim, kulaklarımın içini didikleyip durmasalar şu deniz kenarında, şuracıkta rahat bir uyku uyuyacaktım. Tıpkı annem babam gibiler. Olmadık yerde bir fener gibi gözümün içinde yanıveriyorlar.

Sezgilerim, bulutsuz göklerin içindeki şimşek gibi. Beklemediğim anlarda başımın içinde çakıyorlar. Onlar olmasa; yürüyüp geldiğim yollardan dünden kalan aklımla yarını nasıl bilecektim?

Gücü düğümlenmiş insanlığımla uçurumun başındayım,

ha düştüm ha düşeceğim. İyinin kötünün girdaplarında döne döne canımın kanı çekiliyor. Saçılan pandoranın kutusunda kalan umudu bekliyorum hâlâ.

Umut denilen hayalete bu gövdemle daha ne kadar asılı kalacağım? Zihnimin içindeki bu hayaleti, umudu yakmadan hakikate erişemeyeceğimi seziyorum. Yaşamayan hamlesiz düşüncelerimden daha ne umuyorum? Bana varlığı unutturan umudun düşünceleri bende oldukça daha çoook Godot'lar beklerim.

Bendeki varlığı unutuş, zihnimdeki **nihilizm** nasıl yapılandı? Bu durumu açığa çıkartmadan yaşamdan gücümü nasıl isteyebilirim?

Dilimin üzerindeki kansızlık tehdidinden varlığımı kurtarmalıyım. Yoksa bu zihin süreçleri içinde gezinen varlığımın kurumasına sadece bir an kalmış. Ölü düşüncelerin içindeki bu tabutlukta ölümü beklemek niye?

Yağmurlu bulutların altındaki topraklar gidip ekilmem için beni bekliyordur hâlâ. Ben buralarda ölü düşüncelerle oyalanırken, Zeynom usta ormancı elleriyle geleceğimizin içine doğacağı patika yolları açmaya başlamıştır. Aşkımızın gebeliği, doğacak günleri içindeyken varıp Zeynom'a el vermeliyim.

Varının engeli olmadığı bu orman zeminde ancak ekin olabilirim. Yer ve gök yaşamdan yana hâlâ varlığını sürdürürken, varıp Zeynom'un ekildiği topraklarda rüzgâr olmalıyım.

Var oluş mucizemi rüzgârlara katarak yıldızlarla soluk soluğa olmak... Yoksa bir kere bile bu ırmaklarda doya doya yıkanamayacağım.

8. BÖLÜM

Deniz kenarında kendimle kavgalı konuşmalar içindeyken, arada bir şekerli uykulara dalarak zaman geçirdiğimi ancak güneşin ateş yakarcasına başımın üzerinde kaynamasından anlıyordum. Bu sıcağın alnında alnım çatlamadan varıp gölge bir yere sığınmak için olduğum yerden kalkıp yürüdüm.

Önüme çıkan caddede, kudurmuş bir hızla seyreden otomobillerin seyrelmesini bekledim. Otomobil trafiği seyrelince yolun karşısına geçtim, parka doğru yöneldim. Bir ağaç gölgesinin altındaki banka oturdum.

Belki gölgelikteki bankın üzerinde, gündüzün güvencesiyle biraz uyurum diye düşünüyordum. Bir grup genç, birbirlerine ağır küfürler ederek dolaşıyordu. Bu gürültülü patırtılı zeminden ürküyorum. Ayağa kalkıp ağaçların duldasına dalarak sıvışıyordum. Kavgaların ortasına düşmemeyi sokak köpeklerinden öğrenmiştim.

Gece çöp avına çıkan bir grup sokak köpeği buldukları yiyecekler için savaşırken, bir başka köpek grubu benim yaptığım gibi bu olaylı yerden sıvışıyordu. Sokağın bilge akademisyenlerinden çok şey öğrenmiştim. Hatta sokak köpeklerinin yiyecek bulma yöntemlerine öykünerek birçok gün aç kalmaktan kurtulmuştum.

Dün gece mezarlıktaki çığlığım beni, Dilaver'in ya da polislerin kurşunlarına hedef yapıyordu. Şimdi çoktan bir ıssızlığa gömülmüş olacaktım. Sokaklar, bu sürgün yerleri boşluğa düşeni affetmiyordu. Sokakta kedi, köpek ya da insan olman fark etmiyor. Uyanıklığım, her an tetikte olmak zorundaydı.

Sokaklarda göz göze geldiğim, gözlerimin aşina olduğu

hatta kimleriyle ürküntüsüz bakıştığım dostlarım oldu. Aşina olduğum kedi köpek ya da insan yüzlerini bir daha göremedim. Nicesine bir daha hiç rastlamadığım bu sokak sürgünleri şimdi neredeler? Bunu hiç kimse bilemeyecek.

Sokak kedileri, köpekleri ya da insanları kimin, neyin avı oluyorlar? Bir bileni olmayanları kim, nereden nasıl soracak? Bu sokaklarda daha ne kadar uyanık kalacağımı ben de bilmiyorum. Kül olup savrulmam için bir anın boşluğu yetiyor. Sezgilerimin felaket tellallığı olmasa şimdi kadavralarım çoktan bir çöplüğün dibini boylamıştı.

Bu günü de dünün benzer görüntüleri içinde; aş, ekmek, iş aramakla geçirmiştim. Yine benzer bir gece hortlak gibi gırtlağımın üzerine binmişti. Bugün de ne bir dost kapısı ne de bir iş kapısı umutlarıma karşılık verdi.

Düşündüklerimin umut kırıntıları da tükenmişti. Bu kent sezgilerime, mezarlık gibi görünüyordu. Yeri göğü beton bu şehirde susuzluktan, açlıktan serçeler gibi kuruyup döküleceğim.

Geceyi geçirmek için sürgün yatağım olan parktaydım. Birçok geceyi geçirdiğim ağaç duldasına yöneldim. Yerimi başkası almıştı. Adam dikildiğimi fark ediyordu.

"Ne var, birini mi arıyorsun?" diye soruyordu.

Adama: "Benim yerimi almış, yetinmeyip battaniyemi bıçağımı eşyalarımı da ele geçirmişsin," diye çıkışıyordum.

Adam benim tatlı sert çıkışıma: "Bu sokağın yasalarında özel mülkiyet yoktur," diye yanıt veriyordu.

Adamın dediklerine karşılık bir şey söylemedim. Sırtımdan çantamı çıkarıp oturak haline getirdim. Sırtımı duvara dayayıp oturdum.

Biraz ilerideki sokak lambası olduğumuz yeri cömertçe olmasa da aydınlatıyordu. Ağaçların dalları arasından sızan ölgün ışığın altında görüntüye gelen yiyeceklere bakmaktan kendimi alamıyordum. Gazete kâğıdının üzerindeki iri dilim karpuz ortalığa hoş bir koku yayıyordu.

Okkalı peynir keseği, domates, taze biber ve ekmek yer sofrasını süsleyen yiyeceklerdi. Lokmasına dokunulmamış yiyeceklere bakmaktan kendimi alamıyordum. Bu halim de adamın gözünden kaçmıyordu. Adam gırtlağını temizlerken dinleyicilerini uyarır gibi beni süzdü. "Buyurun delikanlı bakını bakını sofranı sıkma bu komünün sofrasından herkes ihtiyacı kadar yiyip içebilir. Bu günün yemek sırası senin içinmiş."

Adamın dediklerine tepki vermeyince bir kere daha: "Buyur, buyur ye," diye hırıltılı bir sesle çağrısını yineledi. İkinci çağrıdan sonra adamın yüzüne bakmadan aç kurt gibi yiyeceklere dalıyordum.

Önce iri dilimlenmiş karpuza uzandım. Hatır hatır sesler çıkararak karpuzu nerdeyse kabuklarıyla birlikte mideme indirmiştim. Ardından ekmeğe, peynire, domateslere geldi sıra. Kıtlıktan çıkmışçasına yutmuştum. Adam iştahlı yemek yiyişimi imrenerek izlemişti. Adam aynı hırıltılı sesiyle: "Bu sokaklara uyumsuz görünüyorsun, galiba bu yollarda yenisin?" diye sordu.

Adamın imalı sorusunu anlamazdan gelerek: "Hayır, ben bu semtin çocuğuyum. Burada doğup büyüdüm. Atam, dedem öz be öz İstanbullu..."

"Ben senin nereliliğini sormadım. Bu sokakta kaçıncı zamanın sürgünüsün?" diye soruyorum.

"Öyle sayılır yeniyim," diye kısaca yanıtlıyordum.

Adam elinde tuttuğu şarap şişesini bana doğru uzatarak: "Bir yudum almaz mısın?" diyordu.

Teşekkür ederim diyerek teklifi geri çeviriyordum. Adam

elinin boşta kaldığını anlayınca, şişeyi göğsüne doğru çekip başını ellerinin arasındaki şişeye yaslayarak soruyordu: "Niye içmiyorsun? Önce ben içtim diye mi tiksindin?" Adamın yüzüne doğru dikkat kesilerek adamı süzmeye başladım.

Yüzünde çalı dikenini andıran ağarmış sakalları, başında modası geçmiş siyah renkte eski bir şapkası vardı. Şapkasının tepiği sol kulağına doğru eğik duruyordu. Alnının yarısını örten kırarmış saçları, üzerine bol gelen siyah pardösüsü ve siyah pantolonuyla bağdaş kurmuş oturuyordu Siyah ayakkabılarının boyasız ağarmış uçları görünüyordu.

Yüzünün siyah derisi altındaki elmacık kemikleri öne doğru fırlamıştı. Alnının içine doğru çekilmiş gözleri, rengini yansıtmıyordu. Siyah yeleği altına giydiği gri gömleğinin yakası omuzlarına sarkmış, göğüs çukuruna kadar düğmesizdi. Bu kıyafetler içindeki adamın gövdesi bir deri bir kemikti. Yaz sıcağında giydiği kışlık kıyafetlerin içinde vücudu üşürcesine titriyordu.

Şarabından bir yudum daha aldı, yüzünü ekşiterek. Dudaklarını şapırdatırken açılıp kapanan ağzında diş görünmüyordu. Elinde tuttuğu şarap şişesini yanına indirip boşta kalan elini paltosunun iç cebine daldırdı. Açılmamış şarap şişesini: "Al bu senin," diye bana uzatıyordu.

İkirciklenmeden teşekkür ediyor, ucuz ve kalitesiz şarabı alıyordum. Şişenin plastik kapağını kolayca açtım. Adam hırıldayan sesiyle: "Bu rastlaşmamıza içilir değil mi? Benim adam Mervan, ya senin?" "Benim de Can Güdülen." Aynı anda şişelerimizi tanışmamıza tokuşturduk. Karşılıklı içkilerimizi yudumladık.

Mervan omzunun üzerinden boynunu kımıldatarak şişeyi yere indirdi. Yerde duran ucuz sigara paketinden bir sigara alıp titreyen dudaklarının arasına aldı, titrek elleriyle çakmağını çakmaya başladı. Ancak birkaç hamlede sigarasını yakabildi.

Yaktığı sigaradan derin bir nefes çekti. Ardından acı acı bir öksürük nöbeti: "Sana sigaradan ikram etmeyi unuttum." İşaret parmağıyla yerdeki sigara paketini işaret ederek: "Sen de içebilirsin," dedi.

"Ben sigara kullanmıyorum," dedim.

"Sen ne biçim sokak çocuğusun be," dedi. "Şaraba nazlanıyor, sigara içmiyorsun. Bu hallerinle tam bir hanım evladısın."

"Evet," dedim. "Sayılır. Mesleğim memurluktu. İşten atıldım. Toplumda tutunacak bir dalım başka da bir mesleğim olmayınca, tutunamayınca buralarda sürgün oldum."

"Ne memuruydun?"

"Din işlerinde imamdım."

Mervan: "Demek imamsın, haaa!" dedi sesini uzatarak. "Ben de eski siyasallıyım. Üniversitenin son sınıfındayken siyasi bir derginin yazı işleri müdürüydüm. On iki Eylül faşizminin gazabına uğradım. Yirmi iki yıl zindan yattım. Dışarıya salıverildiğimde hiç kimsem kalmamıştı. Aynı düşünceleri paylaştığım eşim, iki çocuğumu da yanına alarak beni terk etmiş, kayıplara karışmıştı. Şimdi buradayım."

Sigarasından derin bir yudum daha çekti, yine aynı uzun öksürük nöbeti. Öksürüğü dindikten sonra içini çekti. Yüzünde buğulanan hüzünleri çoğalarak: "Aynı düşünceleri paylaştığımız karım, yol arkadaşım beni terk etti. Demir kapılar arkasından yüzlerini birkaç kez gördüğüm oğlumun kızımın yüzlerine beni hasret bıraktı bu kadın."

Mervan söylediklerinden sonra uzun uzun susarken, ben de sözleri üzerine düşüncelere dalıyordum. Ya ben, Zeynep gebe bir haldeyken yüz üstü bırakmamış mıydım? Sevdiğim kadınıma, doğacak çocuğumuza kendimi veremeden düşmüş haldeyim. Hangi kadın erkeğin gücünü alamadan doğurabilir? Hangi erkek kadınına veremeden kadının yanına varabilir? Yağmursuz gökleri toprak ne yapsın?

Ben ve Mervan güçsüz boğaların sürüsünden kovulmuş trajik hallerini yaşıyorduk. Olduğumuz durumdaki beni ve Mervan'ı ya kurtlar kuşlar yiyecekti, ya da **Diyonisos** Şenliklerindeki güçlü soluklu atletler gibi bakire kızın bizden birisini seçmesi için koşacaktık.

Hangi soluğu tükenmiş erkek dişisine erişebildi? Dişisi erkeği tam ve bir olmayan hangi ağaç meyvesini verebilmiştir? Mervan derin bir suskunluğun içindeyken düşündüklerimi Mervan'a diyememiştim. Mervan sessizliğinden sonra soruyordu: "Peki sen ne diye işinden kovuldun?"

"Bir vaazımda boş bulunup köylülere; müftü de sizin benim gibi içinde bok taşıyan, osuruklu bir insandır, insanı farklı kılacak olan mesleğinin makamının adı değil, varlığını yazan hakikate uygun duruşudur. Köylülerin ihbarı üzerine benim son vaazım oldu."

Mervan anlattıklarıma yüzünün derisini ekşiterek gülümsedi. Şarabından bir yudum, sigarasından duman çekerek aynı öksürük nöbetini tekrarladı. "İşte bir yaşıma daha değdim. Osurmanın suç sayıldığı bir coğrafyada yaşamak ne zormuş. Bu haksızlıklara karşı durarak düzene boyun eğmediğim için yirmi iki yıl zindanlarda bedel ödedim. Soluğumun son anına kadar, yeni bir toplum yasası yazılıncaya kadar devrimci inadımı sürdüreceğim."

Mervan sözlerine ara vermiş susarken, ben de Mervan'ın dedikleri üzerine içimden şunları konuşuyordum: Hangi kuşak insanının yazdığı yasalar doğanın yasalarına uygun kıyafet olabildi? Ya da hangi ot hileyle, hangi topraksızlıkta yazısını yazarına karşı durarak kök salabildi?

Mervan bir süre daha suskun kaldıktan sonra düşündüklerini şu sözleriyle aktarıyordu:

"İnsanlık; içine kök salan bu çıkarılır illet **kapitalizmden,** kurtulmadıkça mutluluk ve özgürlük ancak düş olarak kalır. Şu an dünyada yaşanmakta olan bütün kötülüklerin anası **kapitalizmdir.** Dünya insanlığının kardeşliğini ancak büyük komünle sağlayabilir. İnsanlık içine düştüğü kötülüğün illetinden bir işçi devrimiyle kurtulabilir. Mutluluk ve özgürlük yeryüzündeki bütün sınırların son bulmasıyla kazanılacaktır."

Mervan'ın iyi ve kötüyle anlattığı özgürlük ve mutluluğun aslını soramıyordum. Mutluluk ve özgürlük olarak okunan bu kavramların aslı nedir? Varlığın aslında bir iyi bir de kötü olmayacağını, ben Mervan'a diyemiyordum. Aslında bu bizlerin renkleri, mavi kırmızı diye adlandırmamıza benziyor. Mutluluk ve özgürlük kavramları; belki de kırmızının binlerce tonları var, hangi birine kırmızı diyeceğiz?

İnsanların yiyip yuttuğu, iyinin kötünün yalanları hangi düşüncelerden nasıl doğdu? Yerin göğün içindeki bunca çokları birine iyi diğerine kötü diyerek nasıl adlandırıyoruz? Ben insanım, demek nasıl koca bir yalansa, iyi ya da kötü demek de koca bir yalan değil mi?

Köleden kurulu bu dünya beyliğinden başka bey çıkmayacağının güvencesi nedir? Ben, iyiyi kötüyü varlığımın dışında nasıl okuyorum? Bu hangi düşüncelerin uçurumudur; bana başka yolu sorduran? Ben insanım, diye başlayan bu düşüncenin yol haritaları nasıl oluştu? Orada olan, o şeyin ağaç olduğunu ben nereden biliyorum? O şeye ağaç denmeseydi o ne olacaktı? Ağaç'a ağaç diyen insanın, ağaçta ağaç var mı diye sormaması ne garip bir unutkanlık.

Oradaki varlığı ağaç diye kabullenmesi, yanılgısıyla başlayan bu zihin süreçleri, insanı nasıl bir uçuruma sürükledi?

Nihilist bir inkârın boşluğunda insan varlığı unutmuş vaziyette.

Ben Mervan'a; insanın evindeki iyi ve kötü nasıl inşa edildi diye sorsam... Ben düşünürken Mervan mırıldanarak; bu ahtapotun kolları kırılmadan dünyaya bile rahat yok. Onun sözleri düşündüklerimin arasında yankılanıyordu. Bu diyalogsuz muhabbette ben ayrı, Mervan ayrı konuşuyordu. Ben içe doğru Mervan dışa doğru sesleniyordu.

Mervan konuşurken de iç konuşmalarımı sürdürüyordum. Öncellerimin ağaç dediğini, ağaç diye kabullenip ağaç demeseydim içinde olduğum bu dünyanın varlıklarıyla nasıl konuşacaktım?

Çünkü ben de korkularıma yenilip Zeynep'imi terk etmiştim. Mervan'ın bana açtığı bu yemek kapısına iyilik mi demeliyim? Zeynep'i terk etmiş olmam kötülük mü? Böyle mi yapılandı iyi ile kötü?

Mervan; verdiğin yiyecekler bana iyilik miydi? Bir iyiliksеverin sokak kendisine verdiği et kendi canından mı? Bir zerre yer, bir avuç gökyüzü yaratmış gibi insanlar kendilerini iyilik meleği sanıyor.

Dünyaya komün sofrasını sen mi kuracaksın Mervan? Ya benim susuzluğuma giden yolu bana nasıl tarif edeceksin? Mervan'ın bu hali; ölmekte olan aç kaplana kolunu kesip veren **Zen** rahibini andırıyordu. Duyguları saf ve içtendi. Sofrasını gönlünden gelerek açmıştı. Buna kuşkum yoktu. Benim sorguladıklarım, Mervan'ın göremedikleriydi.

Verme duygusunu insan nereden ve nasıl öğrendi? İnsanın susuz yolcuya verdiği bir maşrapa su, insan kendisi mi yarattı bu suyu? Bir kuşun gagasında yuvasındaki yavrusuna götürdüğü bir damla suyun ve bu duygusunun varlıktaki öyküsü nedir?

Bu sorumu Mervan'a bir an soracak oluyorum, sonra vazgeçiyordum. Ben bunları düşünürken Mervan efkârlı sesiyle yine sahne alıyordu.

"Ben iyi toplumun adil düzeni için savaşırken, kendim için kayıp ettim. İyi ve güzel günler istediğim insanlık beni ezip geçti. Senin de gördüğün gibi lime lime parçalandım, her parçam bir yerde kaldı. Ne anama babama evlatlık edebildim, ne de çocuklarıma babalık. Yine de pişman değilim. Mutlu ve özgür bir dünya için kendimi feda ettim. Bu karşında gördüğün enkazım bir davanın yorgun savaşçısıdır. Eğer ben bu savaşı kazansaydım, sen de ben de evimizde, eşimiz ve çocuklarımızla birlikte mutlu uykuların içinde olacaktık."

Mervan'ın anlattığı düşüncelerin başka versiyonlarını anımsıyordum. Bir zamanlar öğrenerek özleştiğim cennette olmak düşünceleriyle aynıydı. Mutlu toplum olmak veya sonsuza kadar cennette olmayı istemek...

İyinin kötünün düşünceleri dilde nasıl inşa edildi? İyinin kötünün taşlarıyla inşa olunan bu zihin süreçlerinin arka tasarımındaki düşünce nedir?

O ara kentin ışıklarına aldanmış bir grup martı gecenin içinde bir yerlere doğru uçmaktaydı. Mervan: "Şu üzerimizden geçen martıları görüyor musun?" diye soruyordu.

"Hıı, evet görüyorum," dedim.

"İşte ben, insanların da dünya üzerinde böyle mutlu yaşamaları için mücadele ettim. Beni mahkûm ettiren düşüncelerim bu kadar saf ve masumdu."

Mervan"ın anlattığı özgürlük ve mutluluk isteği; bir zamanlar benim varlığımın da içinde olmak istediği ölümsüzlükteki cenneti tarif ediyordu.

Mervan'ın mutluluk ve özgürlük düşünceleriyle benim cenneti düşünmem benzer çağrışımlardaydı. İki düşünme hali aynı düşüncenin kabından aynı gövdeye içilmişçesine birbirine benziyordu. Özgürlük ve cennet düşüncesi; biri diğerinin ikiziydi. Düşüncelerimin sularında ağır ağır yol alırken, kendimden emin bir duygu ile Mervan'a şu soruyu yöneltiyordum:

"İnsanı düştüğü bu yerden kaldıracak bir el var mı?" Mervan bir an duraksadı. Eliyle alnını karıştırdı. Eli başında bir süre durdu. Başının içinde aradığını bulmuşçasına elini ortaya doğru savurarak: "Bu ne biçim soru? Sen hâlâ imamlığının etkilerindesin! Yani şimdi biz insanlığın içine düştüğü krizin çözümünü Allah'a mı havale edelim? Yani yani yaniii!" diye uzatarak hızını alamayan bir araç gibi sözlerini ortalığa deviriyordu.

"Yani sen, insan iradesinin düştüğü yerden kalkmasına iradesinin yetemeyeceğini mi ima ediyorsun? Senin düşündüklerin mistik. Her şeyi yazgısına bırakalım, olacağına nasıl olsa varacak der gibisin. Böyle mi olmalı? Ben insanım kardeşim, insanlığımın içine düştüğü bu sorunları çözerim diyorum sana."

Mervan bilmenin mutlak duygulanımlarıyla sabırsızdı. Konuşurken soluk soluğa kalıyordu. Nefesi tükenmişti bir süre başını iki elinin arasına aldı, uzun uzun susuyordu. Her suskunluğun ardından bir yudum şarap içiyor, bir sigara daha yakıyordu. Çocuğun memeye yapıştığı gibi sigarayı uzun uzun emdi. Bir öksürük nöbeti daha... Sigarayı Mervan'a fırlatıp attırıyordu bu öksürüğü. Yüzünü önce mora sonra sarıya aksettiriyordu.

Mervan'ın yüzünün ölüm rengi sarısı; babamın annemin mezarları üzerinde beyaza doğru kaçan ölüm sarısının renkleriydi. Biraz kendine gelirken Mervan'ın öksürük nöbetleri beni endişelendiriyordu. "İsterseniz biraz uyuyup dinlenin," diye uyarıyordum.

Uyaran sözlerimi duymazdan gelerek: "Sen hâlâ Antik

Yunan'daki bilinmezci filozoflar gibi konuşuyorsun. İmam olduğun belli, metafizikle fazla ilgilenmişsin."

Mervan'ın beni yargılamasına karşı bir şey demedim, bu yangını benzinle söndürmeye benzerdi. İster istemez dilimi kısıp içten konuşmalarımı sürdürecektim.

"Ben dünyaya fırlatılırken adım, sanım kimliğim var mıydı? Masum çocukluğum dünyaya gelirken geldiği yerin dünya olduğu zihninde yazılı mıydı? Ben iyiyi kötüyü, yukarıyı aşağıyı, korkuyu cesareti nasıl öğrendim?"

Ne alakası varsa Mervan: "Sen hâlâ metafiziğin sularında geziniyorsun," diyor.

Ben de Mervan'a: "Varlığın hakikati adında mıdır, eyleminde midir?" diye soracak oluyorum, rahatsızlanır diye **Herakletos'un** düşündüğünü soramıyorum.

Mervan biraz dinlenip durulunca: "Oğlum Can," diye seslendi. Baba şefkatiyle duygularımı okşayan sesi: "İnsanın emek tarihini, nice evrimden geçerek açığa çıkardığı bilimsel gerçekleri yok sayarak insan bir yere varamaz. İnsanın hakiki tarihi, emeğin tarihidir. Bu tarihi inşa eden emekçi eller ve düşünceler yarını da kuracak Bu gücü tarihin bilincinden alacaktır. Bilimin izini süren düşünceler özgür yarınlarını bulacaktır."

Mervan sözlerinin bıraktığı etkiyi arayan duygularla yüzüme bakıyor, bir şeyler söylememi bekliyordu.

Mervan konuşurken; dünya bir yana Mervan bir yanaydı. Sanki dünyanın dışından konuşuyordu. Varlığımın yaşaması için bu sözcüklere ihtiyacım var mıydı? Söz ayrı, varlık ayrı düşünce. Varlıksız neyi konuşabilirdi? İnsanın gözüne aynı görünen fenomenleri, bu optik yansımayı nasıl açıklayacağız? Bilimin yol göstericiliğinden açığa çıkan; atomun bilişi olsaydı açığa çıkaranın başında patlar mıydı?

Ben bunları düşünürken bilimi inkâr mı etmiş oluyorum? Dünyanın nesnelliğine indirgenen hangi iktisadi düşünce, adaleti bu soyut kavramı varlıkta durduğu yeri nasıl keşfedecek?

Ben bunları düşünürken Mervan; çakmak, çakmağım nerede diye bana soruyordu. Çakmak yerdeydi, yerden alıp Mervan'ın titreyen dudakları arasında duran sigarayı yakıyordum. Mervan sigarasını yakan elimi iki elinin arasına aldı.

"Evlat, teşekkür ederim. Bu konuşmalarım seni kırmak ya da üzmek için değildi. Sen olmasaydın parkın ağaçları çiçekleriyle konuşacaktım. Ben bunları niye mi anlatıyorum? diye soracak olsan niyesi var mı haklıyım haklı. Anlattıklarımı yer de duysun gök de. Ne zararı var bu anlattıklarımın dünyaya? Adalet istiyorum, adalet. Son nefesime kadar bağıra çağıra düşüncelerimi anlatacağım."

Ellerinin arasında sıkıca tuttuğu elimi bırakarak yerde duran yiyecek kırıntılarını gösteriyordu. "Şu yiyecekleri emekçi ellerden dilenirken onlara dua yerine adalet istiyorum," diyerek susuyordu.

Toplum kasırgasında kanatları kırılmış Mervan, gövdesinin enkazıyla toplum vicdanına tutunuyordu. Ben yalancı vicdanda sığınacak bir yer bulamamıştım bu canıma. Bu canın köklerini vicdan boşluklarında salacak yer bulamamıştım. Sokak sürgünlüğümde dilenmeden ayakta kalmamı piknik alanlarında parklarda ya da gözlerden uzak çöplüklerdeki yiyecek kırıntılarına borçluydum. Onlar benim ekmek kapılarımdı. Sokak sürgünlüğümde var oluşumu toplumun bu savurganlığına borçluydum.

Canımın köklerini bu boşluklara salarak daha ne kadar ayakta tutabilirim? Kaygılarımı düşünürken Mervan sözleriyle sessizliği yine bozuyordu: "Ölürken son nefesimde canımı almaya gelen **Azrail** olsa **Azrail**'e adaleti öğreteceğim. Azrail de öğrendikleriyle vakti saati gelmiş canlara bir daha kıymaz.

Tabii bu dediklerim ironi. Azrail'in olduğuna da inanmıyorum. İnsan insanın Azrailliyken Azrail'e ne hacet? Bu adaletsiz sokaklarda gezinirken hangi insan Azrail kılığında canımı alacak diye endişeler içindeyim. Onun için bu topluma adalet gerek diyorum. Düşüncelerim uğruna bedeller ödedim, yenildim, ama hâlâ teslim olmuş değilim. Çoğu yol arkadaşım düzene teslim oldu. Hepsi han hamam sahibi, benim yüreğim hâlâ **sosyalizm** için atıyor. Eskide kalan arkadaşlarımın çoğu dini, ırkçılığı, ulusçuluğu yeniden keşfettiler. Birçokları düzen partilerinde yüksek yerlere geldi. Bu düzen en kutsal değerlerim olan çocuklarımı benden aldı. Nefesimin son anına kadar yüce komüne inanacağım. Çünkü ben bir **komünistim**."

Elinde tuttuğu şarap şişesine bakarak bir şeyler daha demek istedi. Şişede kalan son şarabını dipledi. Boşalmış şarap şişesini boşluğa fırlatarak bir şeyler daha diyecek oldu, dili peltekleştiği için söyledikleri anlaşılmıyordu.

Oturduğu yerde başı sendeliyor, gövdesinden kopacak gibi yere savruluyordu. Başucuna varıp çantamı başının altına koydum. Herhalde uyuyacak, diye düşündüm. Ağzını açmış bir şeyler demek istiyordu. Dili ağzının içinde o yana bu yana sallanırken, ağzının içi karanlık geceyi andıran siyahlıktaydı.

Mervan başını yana dönerek gövdesini sere serpe parkın çimenlerine uzanıyordu. Çoktan uykuya dalmışçasına hırıltılar çıkartarak horluyordu. Mervan uyurken derin bir suskunluğun içine dalıyordum.

Büyük bilgeler, derin suskunlukların içinde neyi konuştular diye düşünürken, Boz dağların aksakallı bilgesi, aydınlık bakışlarıyla gözlerimin önündeymişçesine göründü.

Ya **Nietszche** bu büyük suskunluğun içinde neleri düşünürdü? **Wittgenstein** açıktan açığa olmasa bile başını ölüm yastığına koyduğu o son an, ölüm nedir diye sormadan önce; aslında ak da kara da birdir demiştir. Derin bilgelerin suskunluklarında neyi konuştuklarını kim bilecek?

Kentin alacakaranlıklar içindeki tuhaf gövdesini seyrederken bunları düşünüyordum. Kentin manzarası üzerindeki göğe bakınırken küskün yüzlü birkaç yıldız gözümün içine düşüyordu. Göğün içinde bakıştığımız yıldızlara zihnimin içindeki yıldız deme kaygısı neydi?

Yere göğe ve içindekilere ad verme kaygısı sadece biz insanlara mı ait? Kuşların ağaçların dış dünyalarıyla nasıl bağ kurduklarını nasıl anlayacağım? İnsandaki bu bilme kaygısı ne?

Seyir halinde olduğum manzaranın içinde dış dünyadakilere ad vermeye kışkırtan nedir? Yer gök, kavram olmuş başımın içine akıyordu.

Ben düşüncelere dalarken, Mervan hırıltılı sesler çıkartıyordu. Mırıldanarak çekin elinizi boğazımdan alçaklar! Boğacaksınız, size ne yaptım? Siz kimsiniz, nasıl insansınızzzz! Sözcükler pelte pelte ağzında dağılıyordu. Dudakları birbirinden ayrılmış ağzı açık, burnundan tuhaf hırıltılar mırıldanıyordu.

Hey, Mervan dayı uyan, uyan! Mervan'ın gövdesini sallıyordum. Beni duyamıyordu. Elimi alnına koydum, kan ter içindeydi.

Yayından fırlamış ok gibi kollarını yana açtı, nefes almaya çalışıyordu. Karnı gök gibi guruldiyor, etrafa bok kokusu yayılıyordu. Bu esnada ağzından burnundan kan gelmeye başlıyordu.

Mervan ölüyordu. Ne yapabilirim, diye düşünürken parkın çitlerini aşıp yola atladım. Otoyoldaki otomobiller hızla önümden geçip gidiyordu. Trafiğin tenha olduğu gece saatinde hızla geçip giden otomobillerden birini durdurmak neredeyse imkânsızdı. Benim gibi serseri kılıklı birisinin çağrısını hangi sürücü dinlerdi?

Bağıra çağıra, elimi kolumu sallaya sallaya bu otomobillerden birisini durdurmak istiyordum. Gecenin içinden geçip giden otomobillerin de içindekilerin de beni gördüğü yoktu.

Bir sürü araç önümden akıp gitmişti. Umutlarım tükenince imdat diye bağırmaya başladım. Adam ölüyor, adam ölüyor, diye avazım çıktığı kadar bağırıyordum. Geçip giden otomobillerin ardı sıra koşturuyordum. Defalarca tekrarladım bu sahneyi. Göçüp gitmekte olan candaşımı kurtarmak istiyordum.

Hızla gelmekte olan otomobillerden birisinin önüne **Donkişotça** atlıyordum. Otomobil neredeyse beni sıyıracak yakınlıktan geçiyordu. Ölüm kalım savaşında canımı öne sürüyordum.

O ara bir başka otomobil uzun farlarını yakmış bana doğru yaklaşıyordu. Yolun ortasındaydım, dur dur adam ölüyor diye avazım çıktığı kadar bağırıyordum. Otomobil acı bir fren yapmış, diz kapaklarıma değerek durabilmişti. Sürücü donmuş vaziyette bana baktı. Yanında oturan bayan yüzünü ellerinin arasına saklamıştı.

Farları açık duran aracın sürücüsü kapıyı açarak yanıma geldi. Adamın yüzü kar beyazına kesmişti. Biraz baktıktan sonra: "Az daha köpek gibi eziyordum seni. Bela mısın? Ne istiyorsun gece vakti benden?"

"Orada, parkta, adam hasta ölüyor. Hastaneye yetiştirelim diye sizi durdurdum."

Bunları der demez Mervan'ın yanına koşuyordum. Mervan uzun uzadıya uzanmış, elleri hâlâ sıcak. Kalbini dinledim, hâlâ atıyordu. Elimi alnına sürdüm, soğuk terleri elimi yıkadı.

Durdurduğum otomobilin sürücüsü yanı başımızdaydı. Bu adamın nesi var, diye sesleniyordu.

Ölüyor hastaneye götürelim, dedim. Sürücü; bu adam neyiniz oluyor? diye soruyordu. İkirciksiz, babam oluyor dedim.

Mervan; su, su diye sesleniyordu. Mervan'ın konuşması içimi ferahlatmıştı. Sevinçle; bak hâlâ yaşıyor, dedim, yalvarırcasına diliyordum. Sürücü hem adam diyorsun hem de babam. Anlayamıyorum.

Sürücüye; hem adam hem de babam, bizden bir can. Ne olur hastaneye götürelim, diye yalvardım. Sürücü; tıt tıt, çıt çıt ağzında dilini evine çevire: "Bu gece vakti seni çiğneyerek az daha başım belaya giriyordu. Çok şükür, verilmiş sadakam karşı gelmiş olmalı. Seni pestil yapmadığıma dua et." Sürücü öfkeli bir bakış fırlatarak: "Gidin sokaklarda kendi kendinize geberin. Benden de insanlıktan da uzak durun. Bu ölüyü bu vakitte arabama alıp karakollara adliyelere hesap mı vereceğim? Ne haliniz varsa görün," diyerek uzaklaşıp gitti.

Sürücü gaza basıp uzaklaşırken, Mervan'ın başı dizimin üzerindeydi. Kanla karışık kusmuklar üstüme başıma sıvanmıştı. Mervan'ın altına yaptığı kokudan, ağzından burnundan gelen kandan, kusmuktan tiksinmiyordum. Bir can bu haller içinde göçüp giderken tiksindiğim tek şey; tiksintinin kendisiydi.

Mervan'ın başı dizimin üzerinde bir kez daha yekindi. Artık içinde kusacak bir şeyi kalmamıştı. Sarı bir su dudaklarından sızarak dizimin üzerine aktı. Derin hırıltılarla burnundan inliyor, soluk almaya çabalıyordu. Bu çabası soluk almasına yetmiyordu. Kolları kasılarak yere doğru serildi. Tuhaf bir hırıltıyla soluğu sustu. Gözleri açık vaziyette anlamsız anlamsız bana bakıyordu. Candaşımın canını **Logos** geri çağırmıştı. Kanını canını, soluğunu bu büyük varlığa iade etmişti.

Mervan artık bir ölüydü. Onu bir ağacın duldasına çektim. Bir süre başında bekledim. Sofrasını, gönlünü sevgiyle bana açan bu ölü kim olursa olsun başını bekleyemezdim. Paltosunu çıkarıp üzerini örttüm. Çantamı sırtıma vurup oradan uzaklaşıyordum. Göçüp giden bu can kim bilir hiçliğin hangi sırlarına erişebildi? Akıp giden bu candan geriye bakışları kalacaktı, anı olarak.

Rengârenk çiğdemlerin yüksek yaylalarda yaşadığı bahar kısalığındaki insan ömrüne ne çok yalan yedirilip içirilmiş. İki kere ikinin dört olduğuna, ben insanım demenin de yalan olduğuna bu gece tanık oldum.

Gösteren ile gösterilen arasındaki içsel bağlantıyı düşünmeden bana yedirilen bu erdem yalanlarını nasıl yemişim? İnsanlık denilen bu toplum fabrikası, işine yaramayan hangi hammaddesinden kendisini sordu? İnsanlık varlığın evinden kendini sürgün etmiş. Bundandır varlığın sesini duyamaması.

İnsan, nesnelliğinin zeminindeki başının içinde uyuyor. Dünyaya karşı inşa edilen bu toplu mezarda susuzluğuma karşı gelecek bir ırmak var mı?

Korku ve kaygılarımın beni sürgün ettiği toplum mezarının çıkmaz sokaklarında beni hangi gelecek karşılayabilir? Meçhul diyarlarda kimi, neyi arıyorum? Kentin tabutluklarındaki bu ölüleri ne diye bekliyorum?

9. BÖLÜM

Kendimden geçmiş, kentin sokaklarını arşınlarken sabahın gelişini minarelerden yükselen ezan sesleri sayesinde anlıyordum. Bu gece de ölülerinin başından geçip gitmişti. Üstüm başım Mervan'ın kusmuklarıyla sıvalıydı. Kanlı kusmuklar midemi bulandırıyor, içimde bir öğürtü kopuyordu. İçim kopacak gibi göğsüm zorlanıyor, kusmama engel olmak istiyorum, soluğum kesiliyor, kalbim duracak gibi.

Midemle başım arasında bir savaş hali, midem içimi koparırcasına bütün yiyip içtiklerimi dışarıya sokağın ortasına taşırıyordu. Sokaktan gelip geçenler benim kusmama iğrenerek bakıyor, başlarını çevirerek uzaklaşıyorlardı.

Bir an Mervan'ın kusarak can verişi aklıma geliyordu. Yoksa bende mi öleceğim, diye endişeleniyorum. Bir korku sarıyordu beni. Şu an ölmediğime göre, bu ölüm imasından ne diye korkuyorum? Düşündüklerim beni endişelerimden kurtarıyordu.

Aynı anda içimdeki dışkı makatımı zorluyordu. İçimden taşan bu bokları tutmaya zorluyorum kendimi. Üstüme başıma sıçmak üzereyim. Aklımı ölüm düşüncesi zorluyor yine, yoksa ben de kimsesiz Mervan gibi ölüyor muyum? Tüylerim diken dikendi. Ölüm düşüncesi soğuk terler döktürüyordu. Elimi alnıma dokunduruyordum. Terimin soğu Mervan'ın teri gibiydi, soğuk. Düşüncemin dillendirdiği ölüme de dokunabilsem. Belki o zaman kurtulurum; başımın içinde taş, toprak ağaç gibi kazılı ölüm düşüncesinden, diye düşünürken altıma yapmış, rahatlamıştım. Olduğum yaya kaldırımda bir binanın duvar dibine çömeliyordum. Altıma yapmam beni utandırıyordu. Gelip geçenlerden yüzümü saklıyordum. Bir böcek gibi gövdemi duvarın içine gömmek, kayıp olmak istiyordum. Beni büzülmüş halde görenler dilenci sanıyor, köpeğin önüne kemik atar gibi bozuk paraları önüme savurup gidiyorlardı.

Önüme bozuk para atılmasına kızıyordum. Zihnimde resmi olmayan bu iyilik duygusu neydi? İyilik bir kırmızı gibi bilinen bir şey değildi. İyilik; bu soyut kavram tıpkı ölüm gibi, neremde nasıl gizleniyor? Nefret sevgi, iyilik kötülük, ölüm özgürlük... Bu soyutlar başımın içinde nasıl inşa oldu?

Bu soyutları, kırmızıyı öğrenir gibi nasıl öğrendim? Başımın içi bir sürü soyut kaynıyor. Başım rafları belirsiz hırdavatçı dükkânını andırıyor. Bu insan başları hayret verici, bunca soyutlarını nereden alıp nereye satıyorlar? Adamların önüme attığı bozuk paraların iyiliği nereden gelip nereye gidiyor? Nefret sevgi, mutluluk haz, acı savaş, barış şeytan ve daha niceleri. Bunca uzlaşmazlarıyla insanlık bir arada nasıl dingin olabilir?

İnsanın dünyaya karşı yazdığı yasasının neden dikiş tutmadığını nasıl anlayacağız? Her biri kendi kanatlarıyla gül toplayan arılar, dünya ile nasıl bir uzlaşı içindeler? Binlercesi bir arada bir cancasına eğlenen arıların bu sırrı nedir?

Ya insan toplumu? Hangisi yük, hangisi taşıt belli değil. Mervan sen, bu insan toplumunu birbiriyle uzlaştıramadan gittin. Ya ben ne yapacağım?

Barış gibi arzu nesnelerinin soyutlarıyla insan toplumu birbirine nasıl iliştirilir? Binlerce kavramla bir araya getirilmiş bu yalancı bağlarda; hangi köksüz ağacın başının göğe eriştiği hangi bağda hangi dağda göreni var mı?

Bana dayatılan insan kimliğim nedir? Elim gücüm, kanım canım hangi gayrilerden geldi? Sesim kimin sesi? Bu ses nereden gelir nereye gider? Varlığın evinin bu çoklar denizinde; her bir canın kanı nereden gelir, nereye akar?

Biraz önce sararıp solan, akıp giden candaşım Mervan, gittiğin yer neresi? Hangi adalet karşılayacak seni? Bunu hiç kimse bilemeyecek.

Büzüldüğüm yerde bunları düşünürken burnuma gelen keskin bir bok kokusuyla uyanıyordum. Zavallı iradem altıma yapmamı engelleyememişti. Bir grup sokak çocuğu önüme atılan bozuk paraları topluyordu. Kalan birkaç bozuk paraya da elimi sürmeden olduğum yerden kalkıyordum. Paçalarımdan boklar döküle döküle yürüdüm.

Toplumun evinde benim gibi biri; kamu sağlığı için akıl hastanesine kapatılmadan, bir cami bulmalı, tuvaletinde üstüme başıma bulaşan boktan kurtulmalıydım.

Sanki atığımın evrenin dışında atılacak yeri varmış gibi... Diğerleri gibi bende bu boku bir yerlere gizlemeliyim. Gövdemin sıçması için ihtiyacı olmadığı bir tuvaleti arayıp bulmuştum sonunda.

Tuvaletçi küçük bir göz kulübede oturuyordu. Göz ucuyla tuvalet görevlisini süzerek tuvalete giriyordum. Tuvaletçi; para peşin, diye ardım sıra sesleniyordu. Adamı duymazdan geliyordum. Tuvaletin kapısına vardığın an, iri kıyım adam kapıyı açıp tuvalete girişimi engelliyordu. Adam işaret parmağıyla başparmağını kaşıyarak: "Önce para! Sonra sıçarsın beyim," diyordu.

"Param yok. Üstüme başıma yapacağım, ne olur bırak beni," diyorum.

İri kıyım adam heybetlenerek: "Olur mu? Benim tuvaletlere harcadığım sabun, kezzap, emek boşa mı gitsin? Burası hayır kurumu mu? Tuvaletlere kira ödüyorum, kira! Burada boş, senin götünü mü bekliycem? Hadi yürü, paspas sopasını başında kırmadan defol!"

Kısık bir sesle: "Tuvaletimi nereye yapayım?" diyorum.

Adam iyice hiddetlenerek beni ensemden yakalıyor ve sürüklemeye kalkışıyordu.

Tuvaletçiyle münakaşamızı duyan caminin imamı bize doğru geliyordu. İmam: "Ne oldu Hasan, neyin münakaşasını ediyorsunuz?"

Hasan: "Bu serseri para ödemeden tuvalete girmek istiyor."

İmam beni dikkatle süzüyor, bir şeyler demeye hazırlanıyordu ki birden: "Ula Can, burada ne yapıyorsun?" dedi.

Karşımda duran imam, okul arkadaşım Temel'di.

"Valla ben de bilmiyorum Temel," dedim.

Temel: "Ula bu ne kılık kıyafet? Âlimlere dönmüşsün. Senin imamlık yaptığını söylemişlerdi. Yalan mıydı?"

"Şimdi müsaade edersen tuvalete girmem gerek," dedim.

Temel: "Aklan paklan, yazıhanede bekliyorum," dedi.

Tuvalete girip üstümü başımı yıkadım, kışlık parkam da dâhil. İç çamaşırlarımı bir poşete doldurdum. Yıkadığım pantolonumun, gömleğimin suyunu iyice sıkıp giyiniyordum. Tuvaletten çıkıyor çıkardığım kıyafetleri çöpe atıyordum. Yıkanıp rahatlamış, yükümü iyice hafifletmiştim. Rahatlamış halimle arkadaşım olan imam Temel'in ofisindeydim. İmam Temel; "Ne oldu, ne bitti anlat bakalım?" diye soruyordu.

Aynı yurdu, aynı okulun sıralarını paylaştığımız arkadaşıma olanı biteni anlatıyordum. Anlattıklarımı can kulağıyla dinlemişti. "Ula sana böyle ne oldu?" diye hayretini alamadan bir kez daha soruyordu.

"İşte olan biten bunlar," dedim.

"Ula sana boşa âlim Can dememişler. Demek sen de bir haller varmış. Uyyy ula, sana sormayı unutmuşum. Aç mısın?"

"Açım," dedim.

Çay ve börek ısmarladı. Üst üste çay içtik. Uzun sohbetten sonra: "Ula Can, sen adam olamazsın. Hatırlıyor musun bir gün dinler tarihi hocamız sen bu kafayla, bu yabanıl kafanla bir gün bir köylünün tırpanına rast geleceksin demişti. Ula hakikatten köylüler seni biçmişler. Eee, şimdi ne yapacaksın? Ya da ben bu hallerdeki sana nasıl yardımcı olabilirim? Sen bu haller içindeyken ne ben ne de bir başkası seni evine de almaz işine de. İlk önce sana bir çeki düzen verelim. Şu parayı al bakalım." Cebinden çıkardığı beş tane kâğıt yüz lirayı bana uzatarak: "Saçını sakalını iyice yaptır, sonra doğru hamama. İyice yıkanıp şu günahlarından temizlen. Sonra bana gel, seni cemiyetimizle tanıştıracağım. Cemiyetsiz toplumsuz ayakta kalamazsın. İşin, evin, aşın olduktan sonra gerisi nanay, diğerleri oluruna varır. Birazdan öğlen namazını kıldıracağım. Seni akşam namazından sonra, ha bu yazıhanede bekleyeceğim. Sakın ha, bir daha bu kıyafetler içinde bana gözükeyim deme. Ha seni, tuvaletçi Hasan'ın yerine ben döverim."

Arkadaşım imam Temel'in verdiği beş yüz lira hâlâ avucumun içindeydi. Ayağa kalktım. İmam Temel: "Seninle tokalaşmayacağım. Bu dediklerimi yap ve gel. Ondan sonra haline bakarız. Hadi selametle!" diyerek beni uğurladı.

10. BÖLÜM

Toplumla yaşamak bir uzlaşma sanatıdır. Ben varlığımda olanlardan feda ederek, olanları da bastırıp gövdemi zehirleyerek bu yalan rollerde oynayacak kadar becerikli olamayacağımı düşündüğüm için arkadaşım, imam Temel'le karşılaşmamak üzere bu kentten ayrılıp çıkmıştım.

Şu an batı Karadeniz yaylalarında küçük bir ırmak kenarındayım, az ileride de imamlık yaptığım köy. Köy ocaklarından yükselen duman kıvrılarak göğün içine yükseliyordu. Göğün mavi sırrı içindeki tepeler, yeşilinin gururuyla köyün etrafını sarmıştı.

Bacalarından tüten dumanlar olmasa, ormanın yeşil baskınından köy seçilemezdi. Kıyısında durduğum narin ırmak, köyün ortasından geçiyordu. Irmak, insanın dilinden anlasaydı sularıyla Zeynep'ime haber salardım.

Başımın üzerinden oynaşıp titreşen ak bulutlar geçiyordu. Irmağın kıyısına diz çöktüm. Bir ırmağa bir de başımın üzerinde uçuşan bulutlara yakarırcasına baktım.

Irmağın içinde küçük alabalıklar oynaşıyordu. Tek tük sarı yapraklar, rüzgârın kanatlarıyla ırmağa iniyordu. Yapraklar dalından ayrılmış, ırmakla birlikte derin sulara göçüyordu. Yaprakların göçü beni hüzünlendirdi.

Yüzüstü yere abanarak başımı otların içine gömdüm. Heyecanımdan otları yoluyor, sonra fırlayıp ayağa kalkıyordum. Ayaklarımla yeri döverek Zeynep'imle kökünde durduğumuz ağaca sarıldım.

Zeynep'e sarılırcasına iç geçirdim, titremeye başladım. Başımı ateşler basıyordu. Zeynep'in kokusu sinmiştir diye ağacı derin derin kokladım. Ağacı koklarken üstümün başımın pis koktuğunu fark ediyordum. Kentin isinin pasının, kirinin çöpünün kokusunun sindiği bu kıyafetlerden hemen kurtulmalıyım diye kendime buyurdum. Etraftan kuru dallar toplayıp ateş yakıyordum. Yürüyüp geldiğim bu eski yolun kıyafetlerini üzerimden bir bir çıkarıp yaktığım ateşin alevlerinin üzerine atıyordum.

Bu eski yolun kıyafetleri kuru dallarla birlikte yanarken, sarı, mavi, yeşil alevler saçarak yanıyordu. Ölü mazimin yanışını bir süre seyrettim.

Yürüyüp geldiğin yolun eski izlerini kül etmiştim. Küllerimin düştüğü topraklarda yeniye ekilmek için gelmiştim. Eskiye dönüş yollarının bütün anılarını, ayağımdan başıma kadar yakmıştım.

Bu **âdem** vaziyetimle ırmağın içine uzandım. Su soğuktu, bir an kalbim duracak sandım. Sular üzerimden, başımı gövdemi yalayıp geçiyordu. Alabalıklar etrafımdan ok gibi fırlayıp kaçıyordu.

Ben de, benden kaçan alabalıklar gibi suyun içinde oynaşıyordum. Irmağın biraz ilerisinde su kuşları çocuksu oyunlar içindeydi. Bir atmaca ağacın dallarına tünemiş kuşların oynaşmalarını izliyordu.

Bir süre ırmağın içinde sırtüstü yatarak kuşların oyunlarını izledim. Suların altımdan üstümden akarken bir kez bile yıkanamadığım düşüncesi beni hayrete düşürüyordu.

Irmakların dursuz akışının doluluğunda bir kez daha yıkanamayacağımın kuşkusu beni sarıyordu. Gidişini izlediğim ırmağın kıyısında çiğdemler rengârenk gülüşleriyle ikinci baharlarına çiçek açmıştı. İnatçı böğürtlenler olgunlaşmış, meyvesinin hasatını vermiş, aynı ağaç ikinci baharına çiçeklenmişti.

Rüzgâr, meyveli ağaçlara saldırıp meyvelerini silkeliyordu. Bir grup domuz, dökülen meyveleri ağzına topluyordu. Domuzlar yayılıyor, ırmaktan sularını içiyorlardı. Bir süre sonra da ormanın derinliklerine doğru yitip gittiler.

Gözlediklerimde susuzluğumun ırmaklarını, açlığımın meyvelerini buluyordum. Irmağın içinde doğrularak oturdum. Burnumla koltuk altlarımı kokladım. Hâlâ pis koktuğumu duyumsadım. Irmağın içindeki kumlarla koltuk altlarımı, kasık aralarımı iyice ovuşturdum. Elimin gövdemde uzanabildiği her yeri kumlarla ovaladım. Başımı, gövdemi defalarca suyun içine daldırıp durulandım. Üzerimdeki bütün kokuları ırmağa attım. Bir mani hacısı gibi arınıp durulmuştum.

Irmaktan çıkıp kıyısındaki iri taşa uzandım. Güneş ve rüzgârla iyice kurulanmıştım.

Yeni aldığım kıyafetlerimi çantamdan çıkarıp giyindim. Yeni kıyafetlerim ormanın manzarasında sırıtmayacak renkteydi. Çantamın içine kitap ve kalemden başka birkaç şey daha eklenmişti. Çakmak, çakmak gazı, bıçak, küçük bir balta, tuz, ekmek, balık oltası birkaç konserveden oluşuyordu çantamın yeni yükü.

Yıkandıktan sonra kurtlar gibi acıktığımı hissettim. Ağacın dalından meyve topladım, konservelerden birini açıp birkaç lokma ekmekle yedim. Üzerine meyveleri atıştırdıktan sonra avucumla ırmağın soğuk suyundan içtim.

Çantamı omzuma alarak bir kaplan misali gerinip yaylanarak yola hazırlandım. Sezgilerim bana şimdiye kadar yalan söylemediler. Zeynep'imin o sarp kayalıktaki mağarada hâlâ beni beklediğini düşünüyordum. Köyden kovulduğum gün Zeynep'le o mağarada buluşacağımıza dair sözleşmiştik.

Köyden çıktığım gün Zeynep'le o mağarada buluşup kaçacaktık. Benden sonra Zeynep gebe haliyle köye dönemezdi. Eğer Zeynep ölmediyse o mağarada beni bekliyordur. Sezgilerim bana hiç yalan söylemediler. Sezdiklerim iyi de olsa kötüde olsa gelip beni bulmuştur. Onlara çok güveniyorum.

Zeynep beni orada bekliyor, hâlâ oradadır. Düşündüklerimi defalarca tekrarlıyor, düşüne konuşa mağaraya doğru yol alıyordum.

Kristal rengindeki ırmak kıpır kıpırdı. Suları iri bir kayadan aşağı sarkmış ırmak ak köpükleriyle gözlerimi kamaştırıyordu.

Suların kayalardan düşerek göllendiği yerde ağaçlar iri köklerini suya salmıştı. İri köklerden birine basarak ırmağın karşı yakasına sıçradım. Ağaç köklerinin sudaki hali susuz kaldığım günlerimi yeniden düşündürdü. Doğa köklerini kuruluğundan esirgemeseydi, hangi ağacın meyvesine erişebilirdi?

Irmak boyunu terk ederek mağaraya doğru yöneliyordum. Çıktığım yokuş ayaklarımın altında inatlaşıyordu. Düşmemek için ağaçların dallarından destek alıyordum.

Hiçbir sürünün ayaklarının değemeyeceği bir sarpta tırmanışa geçiyordum. İri bir kayanın üzerine çıkıp biraz dinlenmek geldi içimden. Olduğum yerden yaylaların altında kalan köy görünmüyordu. Güneş gök tanrıçanın rahminden taşarak kan kızılı kıyafetleri içinde, karşı dağların ardına inerken arka fonda kalan ormanın yeşil yüzeyine allarını giydirmişti.

Gözlerim manzaraya dalıp giderken kendimi unutup uyumuşum. Ormanın esrarengiz sesleriyle uyandığımda gece çoktan basmıştı. Orman gündüz gözlülerini ahşap beşiğinde sallarken gece gözlü baykuş sahne almıştı. Garip çığlık sesiyle irkiliyordum. Ardından bülbülün ısrarlı sesine bir başka bülbül karşılık veriyordu. Kuşların aralarında ne konuştuklarını merak ederken, içimde çığlık atma isteği oluşuyordu. Israrla çığlık atma isteğimi susturdum.

Olduğum kayadan indim. El baltamı çantamdan çıkarıp elime alıyordum. El yordamıyla ağır ağır yürürken gözlerim geceye kendiliğinden alışıyordu. Ormanın gece seslerine de kulaklarım alışmıştı. Varlığımı ormanın içinde unutmak üzereyken mağaranın önüne vardığımı fark ediyordum.

Başımı yukarıya kaldırdım. Başı yıldızlara değerek geceye tan yıldızı gibi parlayan yıldızlar kraliçesi Zeynom karşımdaydı. Gördüğüm ne düş ne de bir rüyaydı. Dağ çiçeği kokusuyla içime dolarak beni mest etmişti. Bu yüzden rüya ya da düşte olmadığımdan emindim.

İkirciksiz bir kararlılıkla elimdeki baltayı, sırtımdaki çantayı olduğum yere bırakıyordum. Zeynom bana doğru birkaç adım daha geliyor: "Hoş geldin Can'o," diyerek boynuma atılıyordu. Aynı anda kucaklaşıyorduk. Ak yüzünü yüreğimin üzerine bastırırken bir eliyle de belimden sarıyordu. Başım gür saçlarının içinde kaybolurken Zeynom'u içime çekiyordum. İkimiz de birbirimize susamışız. Biz, bizi içercesine birbirimizin elini yüzünü öpüyor, öpüyor, öpüyorduk.

Bir süre bu hallerde soluk soluğa kaldık. Ellerim Zeynom'un karnında gezinirken gizemli bir dokunuş beni benden geçiriyordu.

Zeyno'm: "Birazdan çocuğumuz da seni karşılamaya gelecek. Ben de seni bekliyordum."

Zeyno'm gebeliğinin narin gururuyla: "Tuz ve ateş getirmeyi unutmadın değil mi Can'o?" diye soruyordu.

Tuz ve ateşi unutmadığımı Zeynom'a müjdeliyordum. Zeyno'm biraz da endişeli bir sesle: "Öyle ise tez bir ateş yak yıldırımlar karşı dağları değmeye başladı bile."

Zeynom'un yağmur gelecek uyarısı üzerine göğe baktım, gökte pırıl pırıl yıldızlar ekiliydi. Pırıl pırıl göğü Zeynom'a işaret ederek: "Havada bulut yok, ne yağmuru?" dedim. Zeyno'm yürüyüp geldiğim yolu işaret ediyordu.

Zeynom'un işaret ettiği yönden bize doğru gelen şimşek mağaranın içini ışığının akisleriyle aydınlatıyordu. Yağmur hızla yaklaşıyordu.

Zeynom'u kollarıma aldım, vücudu kollarımda kasılıyordu. Alt dudağını dişlerinin arasında narin yüzü gerilerek: "Beni yatağımıza uzat, çocuğumuz geliyor. Tez ateşi yak, suyu da ocağa koy," diye buyuruyordu.

Ben dalları tutuşturmuş yakarken gök yıldırımlarıyla dağları dövüyor, yağmurlarını üzerimize döküyordu. Gök gürültüsüyle ana rahminden taşan çocuğumuzun narası birbirine karışıyordu.

Yağmur bulutlarıyla esen rüzgârla birlikte, göklerin altındaki bu topraklara kökümüz salınıyordu. Ormanla bir oluyorduk.

İnsan ellerinin inşa ettiği demir kafesleri kırarak, bilgelerin kanı ve nefesiyle yazdığı ışıklı köprülerden geçerek doğmakta olan çocuğumuzu karşılıyordum.

İçimdeki göçerlik uyanmıştı. Açlığımı, susuzluğumu düşünmeden Zeynep'le bir can olup dişisi erkeği içindeki ağacın köklerini derine salarak dal verircesine daha nice dallarımızı kollarımızda taşıyıp ormancasına yaşamak...

- BİTTİ -